三号線の奇

好きとさよならが待つ電車

望月くらげ

Contents

阪急電車に伝わる内緒のはなし

午後三時三十三分、阪急電車の三号線に入ってくる電車。

その電車の三号車の車両に乗ると、心に願った人と会えるらしい。

そんな噂話（うわさばなし）が阪急沿線の高校生の間でまことしやかに語られていた。

それぞれの会いたいと願う人のことを思いながら、今日もその電車を待ち続ける人の姿があった。

これはそんなおとぎ話のような電車が起こした、奇跡のお話――。

一号線

大好きな人の好きな人

騒がしい教室の窓際から二列目、後ろからも二番目の目立たない席で、星野みゆきは俯いたままただただ時間が過ぎるのを待っていた。

高校に入って初めてのクラス替え、二年三組になってからすでに三週間が経った。一年から持ち上がって同じクラスになった子、隣や後ろの席の子と自然に話をするようになって、仲良くなった子。同じ部活の友達。みんな誰かしらと楽しそうにしている。――みゆきを除いて、みんな。

帰宅部ではあるけれど、別にみゆきにだって友達がいないわけではなかった。一年のときは、同じ中学出身の子もいたし、新しく仲良くなった子もいて、少ないながらも友人と呼べる人たちと一緒に過ごしていた。

問題は、二年のクラス替えである。教室内を見渡し、周りの人に気付かれないよう小さくため息を吐く。まさか仲のいい人が一人もいないクラスになるなんて思ってもみなかった。今年は修学旅行だってあるのに、いったいどうすればいいのだろう。

「あ、ねえねえ。星野さん」

「え、え、あ、はい」

みゆきの思考を遮るように、斜め前で話をしていた女子が突然振り返り、みゆきに声をかけた。名前を覚えることさえできていないその女子は、肩に掛かる髪をふわっと払いのけると快活そうな笑顔をみゆきに向けた。明るく染めた髪、ブレザーは椅子にかけセーターの内側に見えるネクタイは緩められている。大人しくて内気なみゆきとはどう見ても正反対の存在だった。

「星野さんってさ、中学どこだっけ？」

「え、あ、安蔵中、だよ」

言葉に詰まりそうになりながらも、どうにか答える。何の目的があって聞いているのかはわからないけれど、とにかく変に思われないようにしなければ。

「ふーん、そっか」

その言葉に何と続くのだろう。膝の上に置いた拳に力が入る。

「やっぱそうだよね。おっけ、ありがと」

それだけ言うと、女子は身体を前に向ける。もう用はないと言わんばかりに。

ホッと安堵のため息を漏らす。何がしたかったのかはわからない。けれど、もうみゆきと話すつもりはないらしい。

これ以上話しかけられないということに安心したような、寂しく思うような複雑な気持ちをみゆきは抱えたまま、それ以降は誰とも話すこともなく、もう一度教室の中で空気のような存在へと戻った。

その日の昼休みも、みゆきは教室で一人、お弁当を食べていた。最初こそ、一年のときに一緒に食べていた友人たちの教室に行き食べていたのだけれど、だんだんとみゆきが来ることに対して、迷惑だと思っているような空気を感じ取り、今週からは一人で食べるようにしている。

教室の外に出てもいいのだけれど、それはそれで『一人で食べている女子』というのは悪目立ちしてしまう。ヘタすれば、担任から呼び出しをされ『最近、辛(つら)いことはないか？　何か思い悩んでいることがあるんじゃないか？』と小一時間ほど面談をされることになってしまう。というか、なってしまった。

生徒思いの先生をアピールしたいのかなんなのかわからないけれど、職員室に呼び出されてみんなの前で言われる身にもなってほしい。

重い気持ちのまま、弁当箱に入っている卵焼きを口に入れる。甘いはずの卵焼きなのに、どうしてか味がしない。半分ぐらい食べたところで、それ以上食べることができなくなってしまう。けれど残して帰れば母親が心配すると思うと、残すこともできない。どうしたら――。

「あーっ！　みゆきってば、また一人でご飯食べてる！」

「え、あ……」

弁当箱を見つめていたみゆきの耳に、少し甲高い声が聞こえた。顔を上げるとそこには、クラスメイトの川口海優(かわぐちみひろ)の姿があった。海優は怒ったように頰(ほお)を膨らませてみせた。

「昨日、一緒に食べよって言ったの忘れちゃったの？」

そう言ったかと思うと、海優は持ってきた弁当箱をみゆきの机に置き、当たり前のように一つ前の席の椅子を後ろ向きにして座った。

「川口、さん」

「海優って呼んでってば。ほら、次の時間体育で移動しなきゃだから早く食べよ。もー、私がちょっと先生に話しかけられてる間に、一人で食べちゃうんだから」

弁当箱を開けると、海優は中に入っていたサンドイッチを頬張り始めた。

川口海優が話しかけてきたのは、数日前のことだった。倫理の授業でたまたま隣の席だった海優が教科書を忘れていたため、机をくっつけて見せた。ただそれだけだ。

その日から、海優はちょこちょこと話しかけてくれるようになった。友人たちと中庭で弁当を食べていたはずが、みゆきが教室で一人弁当を食べていることを知ったらしい。「明日、一緒にお昼食べようよ」とたしかに昨日言ってはいたけれど、社交辞令のようなものだろうと思っていた。なのに。

目の前で二つ目のサンドイッチに手を伸ばす海優を見ていると、ついみゆきも残していた弁当に再び箸を向ける。

「……あ」

頬張った卵焼きの甘さに思わず声を上げた。さっきまで味がなかったはずなのに、卵焼きは優しくて甘い味がした。

その日の帰りのホームルームの時間を、みゆきはドキドキしながら過ごしていた。帰りのホームルームだけではない。五時間目も、六時間目も、緊張して授業の内容が全く頭に入ってこなかった。それもこれも全部、昼休みの終わりに海優が言った「今日の放課後、一緒に遊びに行こうよ」という言葉のせいだった。

戸惑って上手く返事ができないうちに、昼休みの終わりを告げるチャイムが鳴り、本当に行くのかどうか確認もできないままこの時間になってしまっていた。

休み時間に尋ねようかとも思ったけれど、その場の雰囲気とノリだけで言っていた場合「本気にしたの？」と思われてしまいそうだし、もしも万が一本当に行くつもりでいてくれていて、「さっき約束したのはなんだったの？」と思わせるのも困る。

結局、どうすればいいかわからないまま、帰りのホームルーム終了を告げる担任を恨めしく見つめていた。

けれど、そんなモヤモヤが杞憂だったと気付くのにそう時間はかからなかった。なぜなら。

「みゆき！　それじゃあ行こっか」

帰りの挨拶が終わるやいなや、笑顔を浮かべた海優がみゆきの席までやってきたからだ。

本当に行く気だったんだ、と思わず顔を上げると「あっ」と海優は声を上げた。

「その反応！　本気にしてなかったでしょう？」

「え、あ、そんなこと……」

ないけど、と言ってしまえば嘘を吐くことになる。口ごもってしまうみゆきに海優は「もうっ」と頬を膨らませた。

「みゆきってば酷い。私、楽しみにしてたのに」

「ご、ごめんなさ……」

「なんてね。あんなふうに軽く誘われたら本気かどうかなんてわかんないよねー。私も前に吹奏楽部の仲間から誘われて行く気になってたら『あんなのその場のノリじゃん』なんて言われてショックだったからわかるよ」

わかるわかる、と頷いてくれる海優に安堵する。冗談と本気の境目がわかりにくくて、本気にすれば「本気にしたの？」と言われ、冗談だと思えば「約束したのになんで？」と怒られる。

曖昧な言葉がどうしても苦手だった。

「それで、今から行こうと思うんだけどどうかな？　行ける？」

「う、うん。大丈夫だよ」

みゆきはカバンを持って立ち上がる。遊びに行くのが嫌なわけではない。こうやって誘ってもらえるのはすごくすごく嬉しい。でも、それを伝えるのも、曖昧な言葉を理解するのと同じぐらいに苦手だった。

「そういえば、みゆきって家どの辺？」

バスに乗って逆瀬川駅に向かう途中、思い出したように海優が尋ねる。みゆきはブレーキのせいで体勢が崩れそうになるのを手摺りに掴まってなんとか堪えながら海優の方を向いた。

「清荒神駅だよ。そこから自転車。川……海優ちゃん、は？」

「呼び捨てでいいよ。清荒神ってことは宝塚行きかー。私は仁川だから逆方向だ。今からニシキタとかまで行くのは現実的じゃないし……。お互いの帰りのことを考えると逆瀬川の辺りの方がいいよね」

しばらく考えるように黙って俯いたあと「そうだ！」と顔を上げた。

「私、買いたいものあるんだけど付き合ってもらってもいい？」

「買いたいもの？」

「うん、イヤホンを買いたいんだ。夜、勉強するときとか音楽聴きながらしてたんだけど、この間うっかり落とした拍子に踏まれちゃって」

ポケットから海優が取り出したイヤホンは、本来ならイヤーピースがついているはずの場所が壊れているのがわかった。

「これは、酷いね……」

「でしょ？　うちのバカ兄が思いっきり踏んだんだよ。最悪。弁償してくれるって言ってたから、とびっきり高くて音質のいいイヤホンに買い換えてやるんだから」

拳を握りしめる海優に思わず笑ってしまう。そしてふと、自分もイヤホンが壊れたままだったことを思い出した。

「私も、買おうかな。イヤホン」

「え？　ホント？」

パッと顔を輝かせる海優に頷いてみせる。

「随分前に断線しちゃったのか音が出なくなって、それっきり放ったままになってたんだよね」

「随分前って？」

「受験の頃？」

新しいものを買おうと思っていたものの、買いに行くのも億劫(おっくう)で、別にあってもなくてもたいして困ることもなかったから、買い直さないままになっていた。

「買いに行こうとは思ってたんだけど」

「受験って……」

呆(あき)れたように言ったあと、ふふっと海優は笑った。

「みゆきってちゃんとしてそうに見えて、意外とめんどくさがりだよね」

「そう、かな？　うーん、そうかも」

「でも、そっか。みゆきも買うんだね。んーじゃあさ。イヤホンお揃(そろ)いにしない？」

「お揃い？」

イヤホンを誰かとお揃いにする、なんて発想がなくて驚いてしまう。けれど言った当の本人は、凄(すご)くいいことを思いついたとばかりに、繰り返し頷いていた。

「そう！　初めて一緒に……じゃなくて、買い物に行った記念に！」

そんな記念があるのかと疑問に思いつつも頷くみゆきに「やった！」と海優は両手を合わせた。「って。きゃっ」

タイミング悪く揺れたバスのせいで転びそうになった海優の身体を、慌てて支える。至近距離で目が合ったみゆきと海優は、思わず顔を見合わせて笑った。


逆瀬川駅の近くの家電量販店で「こっちの方が可愛(かわい)いよ」「イヤホンに可愛さなんて必要？」そんな会話をしながら、二人で選んだイヤホンを一つずつ買って、ファーストフード店でポテトを半分こして食べた。楽しそうに笑う海優に、みゆきは気になったことを尋ねてみた。

「あの、ね。海優はどうして私なんかに声をかけてくれたの？」

「ん？　どういうこと？」

ポテトを頰張りながら、海優は質問の意味がわからないとばかりに首を傾げた。みゆきはもう一度、今度はきちんと伝わるように問いかける。

「一人でいた私に、海優は声をかけてくれたでしょ？　どうしてかなって思って」

「どうしてって……」

「海優は私と違って、私なんかと話さなくても友達がたくさんいるでしょ？　なのに声をかけてくれたのはどうしてだったんだろって思って。先生に頼まれたからってわけでもなさそうだったし」

みゆきの疑問に、海優は――怒ったように頰を膨らませた。その表情に、みゆきは慌ててしまう。

「み、海優？　どうしたの？」

「それ以上言ったら、私怒るからね」

「え？　あ、わた……」

慌ててなんとか取り繕おうとするみゆきの口に、海優はポテトを突っ込んだ。

「むぐっ」

「それ食べながらでいいから、聞いてね。私がみゆきと話をしたくて声をかけたの。それ以外に何か理由なんている？」

そう言い切られてしまうと、何も言うことはできない。みゆきは口の中に入ったポテトを咀嚼しながら、首を振った。そんなみゆきの姿に、海優は表情を緩めた。

「同じクラスになって、話してみたいなって思ってたの。仲良くなりたいなって。だから話しかけたんだ。みゆきなんかじゃない。みゆきだから、声をかけたの」

「海優……」

そんなふうに言ってもらえるなんて思わなかった。

「ずっと、いい子だなって思ってた」

みゆきはポテトを呑み込むと、小さな声で言った。

「私なんかに声をかけてくれるなんて、とっても優しい子なんだなって」

「……そうじゃなかったって、わかってくれた？」

「うん。……私と仲良くなりたいって思ってくれてありがとう。私も、海優と仲良くなれてとっても嬉しい」

笑顔を浮かべるみゆきに、海優も嬉しそうに笑顔を浮かべた。

――二人にとってすごく変わった出来事があったわけじゃない。特別なことをしたわけでもない。ただ二人で放課後、一緒に買い物に行ってポテトを食べただけ。人によっては「なんだ、そんなこと」と思う人もいるかもしれない。

でも、それでもみゆきにとってそんな些細な時間を二人で過ごせたことが、とても大切なことに感じられた。

その日の夜、買ったばかりのイヤホンを付けて勉強をしながら鼻歌を歌ってしまうぐらいには。

クラスの喧噪の中、みゆきは廊下側の一番後ろの席に机を動かしていた。進級からあっという間に一ヶ月と少しが過ぎ去った。ＧＷも終わり、再来週はもう高二になって初めての中間テストだ。

「テスト憂鬱だなー」

みゆきの一つ後ろの席になった海優が、机の上に上半身を寝そべらすとため息とともに不満そうに吐き出した。

「まあまだ二週間もあるし、勉強頑張ろうよ」

「みゆきは成績いいからなぁ。私はダメだー」

嘆く海優を、近くの席の男子が囃し立てる。

「川口、俺と政経の点数勝負しようぜ。勝ったらジュース奢ってやるよ」

「言ったね!?　みゆき、竹田に勝ったらジュース奢ってくれるって」

「え、待って。星野さんには勝てないって」

海優の言葉に、竹田は慌てたように言うけれど、それ以上に突然巻き込まれたみゆきの方があたふたとしていた。

「な、なんで私まで」

「いいじゃん、竹田に勝って二人でジュース買ってもらおうよ」

「星野さんが勝ったときは、星野さんにしか奢らないからな!?」

「なんで!?」

軽口をたたき合う二人に笑ってしまう。男女問わず気さくに話す海優は友達も多く、みゆきとは正反対だった。

「ねえねえ、なに話してるの？」

「まーた、海優と竹田は言い合いしてるの？　仲いいね」

からかうような、呆れたような口調で言うその声に、海優と竹田は「仲良くない！」と声を合わせて言って、顔を見合わせる。そんな二人を見て、周りもそしてみゆきも笑った。

ひとしきり笑い終えたあと、輪の中にいた一人——細川(ほそかわ)が思い出したように「あっ」と声を上げた。

「そうだ、みゆきちゃん。今日の数学の予習ってした？　私、わからないところあって」

「え、あ、うん。一応してあるよ」

「ホント？　よければ教えてもらってもいいかな？」

おずおずと頷くみゆきに「ちょっとノートと教科書持ってくるね！」と言って細川は自分の席へと駆けていく。

「あ、いいなー。私も一緒に教えてほしい！　この前教えてもらったときも、凄くわかりやすかったんだよね」

「わかる。みゆきちゃんって説明上手だよね」

「そ、そんなこと」

海優たちと話している間に、席替えの終わったクラスメイトたちがやってきて口々に話しかけてくれる。進級当初、仲のいい人が誰もいなくて困っていたあの頃とは違う景色が、そこにはあった。

——次の授業の始まりを知らせるチャイムが鳴り終わるギリギリまで聞かれた内容に答えたみゆきは、ようやく一人になって「ふう」と息を吐き出した。

クラスメイトたちは散り散りに自分の新しい席へと戻っていく。ようやく静かになった席で次の授業である現国の教科書を開いていると、みゆきの背中にツンツンとつつかれる感触があった。

「どうかした？」

振り返って海優に尋ねるけれど「どうもしてない」と首を振られる。気のせいだったのだろうか、と再び前を向くけれど、二度、三度とそれは繰り返された。

「……海優？」

何かを言いたそうだけれど、言えない。そんな顔を海優はしていた。いつも天真爛漫（てんしんらんまん）で、明るくて元気な海優。でも、たまにこんなふうに自分の意見を呑み込んでしまうところがあるのをみゆきは知っていた。

「何かあるなら教えてほしいな」

「…………だ」

「え？」

尋ねたみゆきに、海優は聞き取れないぐらいの小さい声で何かを言った。何だったのだろうと聞き返すと——。

「他の子と仲良くなるのはいいけど、一番は私だからね」

そう言って頬（ほお）を膨らませる海優の姿に、みゆきは思わず笑みを浮かべた。

「……何、笑ってるの？」

「なんでもないよ」

海優のおかげで、気付けば教室の中でみゆきが一人になることはなくなっていた。話しかけてくれる友人もできたし、居場所もできた。全部、海優のおかげだった。

「もう、言うんじゃなかった」

みゆきの態度に気を悪くしたのか、海優は机に突っ伏すようにしてみゆきから顔を隠してしまう。そんな海優の態度を可愛らしく思いながら、海優にだけ聞こえるぐらいの小さな声でみゆきは答えた。

「海優が一番に決まってるよ。……海優のおかげでクラスに友達はできたけど、親友だって思ってるのは海優だけなんだから」

「ホント!?」

パッと顔を上げた海優にみゆきが何か言うよりも早く――。

「何が本当なんだ？」

教卓の向こうから現国の教師が、怪訝そうな声で答えた。その声にみゆきは海優と顔を見合わせて、慌てて「何でもないです」と返事をした。誰にもバレないように、二人で笑い合いながら。

それは、席替えから数日経ったとある昼休みのことだった。前後の席になったおかげで、みゆきが後ろを向けばそのまま自分たちの席で昼ご飯を食べられる。にもかかわらず、海優は中庭に行って食べようとみゆきを誘った。まるで聞かれたくない話でもあるように。

桜のシーズンは終わり、中庭の木々は緑に色づいている。夏ほど暑くなく過ごしやすい気候のため、あちらこちらのベンチで、同じように昼ご飯を食べている生徒の姿が見えた。

中庭の空いていたベンチに並んで座ると、膝の上に置いた弁当箱の蓋を開ける。海優も同じようにするけれど、どこか気もそぞろで落ち着きがない。

「海優、どうかしたの？」

「え、な、なんで？」

「なんか変だなって。何かあるなら話聞くよ？」

おずおずと尋ねるみゆきに、海優は小さく頷くと「あのねっ」と口を開いた。

「みゆきは好きな人、いる？」

「へ？　好きな人？」

思いも寄らない話に、思わず声が裏返ってしまう。けれど隣で赤い顔をして頷く海優に、戸惑いながらもみゆきは首を振った。

「私はいないよ。……海優はいるの？」

「……うん」

俯いたまま、海優は消え入りそうなほどの小声で返事をすると、少しの間のあと、ポツリと言った。

「同じクラスの……小野田のことが、好きなんだ」

聞き覚えのある名前に、みゆきは必死に記憶の糸をたぐる。たしか。

「えっと、野球部の？」

コクリと頷く海優に、記憶が正しかったとホッとする。ふわっとしか外見は思い出せないけれど、短髪でいつもニコニコしている男子の姿が思い浮かんだ。男女問わず友達が多くて、気さくに話しかけてくれる。みゆきも二回ほど喋ったことがあった気がする。

「――小野田とは今年初めて同じクラスになったの」

海優は口角を上げると、照れくさそうに話し始める。食べながらで大丈夫だよ、という海優の言葉に甘えて、みゆきは膝の上に置いた弁当箱を開けた。

「四月にね、先生に頼まれてノートを集めたことがあったの。全員分集めて持っていこうとしたら、勢いよく全部落としちゃって」

そんなことあっただろうかと思いながら聞いているみゆきとは反対に、苦笑いを浮かべる海優はそのときのことを思い出しているようだった。

「私のキャラ的にさ、みんな『何やってんだよ』とか『ドジだな』なんて笑ってて、私も笑うしかなくて。でも小野田は、笑ってるみんなを無視して、落ちたノートを集めるの手伝ってくれたんだよね」

「優しいんだね、小野田君って」

頬を赤く染めて小さく頷く海優の表情は、恋をしている女の子そのものだった。これほどまでに思われる小野田は幸せだと思うし、海優にこんな顔をさせる小野田のことがほんの少しだけ気になった。

「そのときからずっと小野田のことが気になってて。一度気になると、もうダメでずっと小野田のこと考えちゃうし、目線でも追いかけちゃって。困ってる人がいたら相手が気にしない程度に声をかけたり、教室が微妙な空気になったときとかわざと変なこと言って笑わせたりとか。あ、それにお年寄りにも優しいんだよ。この間も——」

話し始めると止まらなくなったのか、海優は小野田のいいところを羅列していく。ふわっとしか知らない小野田に、そんな一面があるのかと感心する一方で、好きな人のことを嬉しそうに話す海優が可愛いなと思ってしまう。

「それで……って、あ……。ごめん、私小野田のことばっかり……」

「ううん、大丈夫だよ」

「こんな話誰にもできなくて、みゆきに話したのが初めてなの。だからいっぱい話したいことあって、それで」

「私でよければ聞くよ」

みゆきの言葉に、海優は嬉しそうに、でもどこか照れくさそうにはにかんで笑った。

昼食を食べ終えて教室に帰ってくると、みゆきは小野田の姿を探してみる。けれど、どうやら教室にはいないようだった。

「小野田くん、いないね」

隣に並んで歩く海優も気付いたようで「ねー」と相槌を打つ声がやけに残念そうに聞こえた。その言い方が可愛くて、思わず「ふふっ」と笑ってしまう。そんなみゆきに、海優は不服そうに頬を膨らませてみせた。

「もうっ、なんで笑うの？」

「ご、ごめん。なんか可愛いなって思って」

「ホントにー？」

「ホントのホント！」

いたずらっぽい言い方に、海優が怒っていないことはわかったけれど、みゆきは慌てて否定する。

「小野田くんがいなくて——」

しょんぼりしている姿が可愛く見えた、そう続けようとしたみゆきの声を遮るように、誰かが言った。

「俺が何？」

「——っ」

慌てて振り返るとそこには、短く切りそろえた髪、日焼けして小麦色になった肌、キリッとした目つきとは対照的に人懐っこそうな笑みを浮かべた男子の姿があった。

「お、小野田！」

慌てたように名前を呼ぶ海優のおかげで、みゆきはぼやっとしか覚えていなかった小野田の顔をハッキリと見ることができた。これが、海優の好きな人。

「何だよ、すっげー慌てっぷりじゃん。もしかしなくても二人で俺の悪口言ってたんだろ？」

「言ってないよ！　ね、みゆき」

「え、あ、う、うん。言ってないよ！」

海優の言葉に、必死に頷くみゆき。けれどその姿は、逆効果だったようで――。

「海優ー？　星野さんに嘘吐かせたらダメだろ？　困らせんなよな」

「なっ、嘘じゃないって！　ほら、みゆきだって言ってるでしょ」

「えー？　海優が言わせてるんだろ？」

軽口をたたき合う二人はどこか楽しそうで、羨ましくなる。こんなふうに誰かのことを好きになれるなんて、きっと幸せなんだろうなと、そう思う。

いつか私も、海優みたいに――。

そんなことを思いながら、怒ったように言いつつも嬉しそうに笑っている海優の姿を見つめていた。

海優の好きな人を教えてもらってから、二週間が経った。海優と前後の席は楽しくて、授業中こっそり手紙を回したりお喋りをしたり。充実した毎日を送っていた。それに。

「あ、星野さん。海優、知らない？」

昼休み、食べ終えた弁当箱を片付けようとしていると、小野田がみゆきの正面にある空席を指さしながら声をかけてきた。

「えっと、さっき吹奏楽部の顧問の先生に呼ばれたって言って、職員室に行ったよ」

「マジかよ、あいつこれどうするつもりだよ」

後ろ向きにしたみゆきの机とくっつけた海優の席。その横に立った小野田は、手に持ったプリントを見せた。

「それって体育祭の希望種目の？」

「そう。俺ら体育委員だからさ、この昼休みにやろうって言ってたんだよ」

一ヶ月後に行われる体育祭の希望種目。先週のＬＨＲの時間に小野田と海優が前に出て、クラスメイト全員に希望を取っていた。たしか今日の五時間目にそのアンケートを踏まえた上で、種目決めをするという話だったのだけれど。

「えー、あいつ忘れてるんじゃないだろうな」

「あー……その可能性はあるかも」

顧問と話したら購買に行ってジュース買ってくる、と言いながら教室を出て行った海優を思い出して、みゆきは苦笑いを浮かべる。

「くっそー、俺にもジュース買ってこいよな！」

小野田は「教えてくれてありがと」と言ってプリントを持ったまま自分の席へと戻ろうとする。みゆきは思わずその背中に声をかけた。

「ね、ねえ。それ、どうするの？」

「どうするったって、次の時間にいるから今からまとめるよ。こんなことならもっと早くやっておけばよかったなー」

空いている方の手で頭を掻きながら言う小野田に、知らず知らずのうちにみゆきは尋ねていた。

「一人で、するの？」

みゆきの問いかけに、小野田は不思議そうに首を傾げると笑った。

「そりゃそうだろ。それとも、星野さん手伝ってくれるの？」

「い、いいよ」

「なーんて……え？」

自分自身でもどうしてそんなことを言ったのかわからない。普段なら絶対自分から男子に言わない言葉が、気付けば口をついて出ていた。

心臓がどきどきと音を立てている。早く何か言ってほしい。でも「冗談を本気にするなよ」なんて言われたらもう立ち直れないかもしれない。

小野田が口を開くまでの数秒が、まるで数十秒にも感じられるほど長く思えた。

「え、いいの？　ホントに？」

だから、確認するように言う小野田に、みゆきはホッとしてコクコクと頷く。みゆきの緊張なんて知らない小野田は「やった」と言うと、プリントを海優の席に置いた。

「そしたら海優が戻ってくるまで手伝ってよ。戻ってきたらあいつにさせるからさ」

「わ、わかった。私は何をしたらいい？」

普段、海優とお昼を食べているときには思わなかったけれど、こうやって二人で向かい合うと思ったよりも距離が近い。友達の好きな人とこんな距離でいるのはよくないのでは。

みゆきは小野田に気付かれないように、そっと椅子を後ろに引いた。不自然じゃないぐらい、でも今よりも少しだけ小野田からの距離が遠くなるように。

「こっちが女子のプリント。それでこれが競技一覧ね。第一希望、第二希望がわかるように集計していってほしいんだ」

手渡された紙には、希望者の名前が書けるようになっていた。「わかった」と伝えると、一枚ずつチェックをして、名前を記入していく。

ふと、視線を感じて顔を上げると、小野田がジッとみゆきの手元を見つめていた。

「お、小野田くん？」

「ん？　ああ、ごめん。星野さんって字がキレイだなって思って」

「そう、かな？　自分じゃわかんないけど……」

「キレイだって。ほら、俺の字、見てみてよ」

言われるがままに、みゆきは小野田が記入しているプリントへと視線を向ける。そこには、お世辞にもキレイとは言えない文字が並んでいた。

「ホントだ……」

「あ、今『ホントだ』って言ったな？」

「えっ、ああっ。ご、ごめんなさい」

思わず口走ってしまった言葉を小野田に指摘され、みゆきは慌てて頭を下げた。そんなみゆきの頭上で「ぷっ」と噴き出す音が聞こえた。

「ははは、やっべ。星野さん、めっちゃおもしろいのな」

「え？　……あ」

ようやくからかわれたことに気付いたみゆきは、頬が熱くなるのを感じる。あまりの恥ずかしさに小野田から視線を外し、無言でプリントへの記入を再開した。

「あれ？　星野さん？　怒っちゃった？」

「…………」

「おーい、星野さん。星野さーん」

俯くみゆきの顔を覗き込むようにしながら、小野田はみゆきの名字を連呼する。三度、四度と呼ばれいい加減「しつこい」と言おうとした瞬間——。

「……みゆき」

小野田の、少し低くて、それでいて優しいトーンの口調で呼ばれた名前が、自分のものだと認識するまでに数秒かかった。

「え……今……」

反射的に顔を上げたみゆきの目に映ったのは、イタズラっ子のように笑う小野田の姿だった。

「やっとこっち向いた」

「な、名前！」

「なんのこと？　さあて、続きやろうかなっと」

みゆきが顔を上げたことで満足したのか、小野田は機嫌良くプリントに名前を記入していく。みゆきも同じようにしなければと思うのに、意識が小野田の方を向いてしまって上手く頭が働かない。集中しようと思えば思うほど、先ほどの小野田の声が脳内で反芻されてしまう。


結局、昼休みが終わる直前、海優が帰ってくるまでにみゆきは、小野田の半分も名前を記入することができなかった。

「ほんっとにごめんね！」

顧問のところから戻ってきた海優は、手に持ったフルーツオレをみゆきに渡すと両手を合わせた。

「私すっかり忘れてて、まさか小野田がみゆきに手伝わせてるなんて思ってもみなかったよ。ホントごめん。これ、お詫びにもらって！」

たいしたことはしていない、というかまともに手伝いができたかどうかはあやしいのだけれど、きっと海優としてはお礼とお詫びを渡さずにはいられないのだろうと思い、みゆきは素直に受け取った。

「ありがとう。でも、私ほとんど進んでなくて。小野田くんの半分ぐらいしかできなかった」

「いいよ！　私の代わりにやっててくれたってだけでありがとうなんだから！」

「そう……？　それじゃあ、遠慮なくもらっておくね」

受け取ったフルーツオレのパックにストローをさすと口に含む。口内に特有の甘い味が広がっていくのがわかる。優しい甘さに頬を緩めていると、海優に席を明け渡し、みゆきたちの机の横に立っていた小野田が不服そうな声を出した。

「海優、俺には？　俺もお前が忘れてすっぽかしてる間、ちゃんとやってたんだけど」

「えー？　でもほら、小野田は委員の仕事だし」

「その委員の仕事、すっぽかしたのは誰だっけ？」

「あー、もうわかったよ。あとで一緒にジュース買いに行こ？　奢ってあげるから」

「マジで？　やった！　さすが海優！」

拝むように両手のひらをすり合わせる小野田に、海優は呆れたように笑う。けれどその頬が少しだけ赤く染まっていることにみゆきは気付いてしまった。

「……みゆき？　そろそろ机戻さないと先生来ちゃうよ」

「え、あ……」

海優の声で我に返ると、いつの間にか小野田の姿はなくなっていた。ボーッとしてしまってようで「ごめん」と言うと、慌てて机を元の方向へと戻す。海優に背を向けて座り直すと、みゆきの背中をツンツンと何かがつついた。

「海優……？」

「さっきの、プリントありがと」

「もういいよ、大丈夫」

「……ありがとう、なんだけどちょっとだけヤキモチ妬いちゃった」

「え……？」

慌てて振り返ると、海優は目を伏せたまま苦笑いを浮かべた。

「だって、教室に帰ってきたらみゆきが小野田と机向かい合わせて何か二人でやってるんだもん。しかもどっちも真剣だから声もかけにくいしさ。声かけていいのかわからなくて、しばらく入り口のところで立ち尽くしちゃったよ」

「ご、ごめん！　私、別にそんなつもりじゃなくて……」

ガタン、と音を立てて立ち上がる。椅子が倒れて、クラス中の視線がこちらを向いたのがわかった。けれど、どうしても海優の誤解を解きたかった。そんなんじゃない。そんなつもりなんてこれっぽっちもなかった。なかった——はずだ。

耳の奥で『みゆき』と呼んだ小野田の声がよみがえる。

「……っ」

違う、あれは男子から名前で呼ばれるなんてことが小学校のとき以来なかったから、そのせいでドキッとしてしまっただけで、相手が小野田だからとか、そういうわけではない。

「みゆき？」

「ホントに、違うから……」

倒れてしまった椅子を起こして座り直すと、絞り出すようにみゆきは言う。その言葉に海優は「わかってる」と優しく微笑(ほほえ)んだ。

「みゆきが困ってた小野田のことを放っておけなかったのはわかってるんだ。だから、これは私の心が狭いのが悪いの」

「海優……」

「それに、転んでもただじゃ起きないっていうか？　放課後、二人でジュース買いに行く約束もしちゃったし」

みゆきは小さくピースサインを作ってみせた。

教室のドアが開き、担任が入ってくる。まだ話していたかったけれど「前を向けー」という担任の言葉に、しぶしぶ身体(からだ)を黒板の方へと向けた。

そんなみゆきの背中に、海優の声が聞こえた。

「だから、気にしないでね」

「……わかった」

みゆきは振り返ることなく頷く。

気にしないでと言われても、気にしないことなんてできない。好きな人が友人と親しそうに――したわけではないけれど、万が一にもそう見えていたりすれば――やっぱりいい気はしないだろう。

海優を通じて小野田と喋るようになって、勘違いしていたのかもしれない。小野田は海優の好きな人。親友の好きな人なのだ。あまり仲良くしていい相手ではない。海優に嫌な思いをさせたくない。このクラスでひとりぼっちだったみゆきに、居場所を与えてくれたのは他でもない海優なのだから。

これからは小野田との距離に気をつけよう。話しかけられるまで話しかけたりはしない。話したとしてもすぐにやめる。それから――。

カタンという椅子を引く音がした。どうやら担任の指示により、体育委員がこのあとの進行役を行うらしい。先ほどの音は、海優が席を立つ音だったようだ。

海優は、みゆきの肩にポンと手を載せると「頑張ってくるね」と声をかけ、教卓の向こうへと向かう。海優の背中を追うように視線を前方へと向けると、そこには小野田の姿があった。

――瞬間、目が合うと、小野田はまっすぐにみゆきに視線を向け、口角を上げた。まるでみゆきに笑いかけるように。

「……っ」

慌てて俯いて、小野田から目を背けた。けれど、やっぱり気になって、みゆきはそっと顔を上げると、黒板の前にいる小野田の方を向いた。

小野田は――海優と顔を見合わせて、何か楽しそうに笑っていた。

その姿に、胸の奥がつきんと痛む。

違う、そんなわけない。

慌てて首を振ると、小さく深呼吸をする。落ち着け。今のはきっと勘違い。そうに決まっている。だって、海優の、親友の好きな人にそんな感情を抱くなんてありえない。ありえちゃいけない。

前を向くと、みゆきの目には小野田と嬉しそうに何かを言い合う海優の姿が見えた。頬を少し赤らめて笑う海優はとても幸せそうで、ずっとああやって笑っていてほしいとさえ思う。

今ならきっと、まだ間に合う。この、胸にほんの僅かに抱いた小野田を気になる気持ちも、今ならまだ忘れられるはず。ううん、忘れるんだ。忘れなきゃ、いけないんだ。

そんなことを思っていると、海優と目が合った。海優はみゆきに向かって小さく手を振る。海優に手を振り返しながら、必死に笑顔を作った。この気の迷いのような思いを、海優に気付かれないために。

小野田と距離を置く、はずだった。なのに——。

「なあなあ」

「…………」

「星野ー?」

「…………」

何の因果か、次の席替えでみゆきは小野田の隣の席になった。窓際の前から三番目がみゆき、その隣の席が小野田だった。ちなみに海優の席は、黒板の真ん前。「替わろうか?」と尋ねたけれど「そんなあからさまなことしないよ」と頬を膨らませていた。

どうにか小野田と絡まないようにしよう。そう思うのに、休み時間のたび、どころか授業中も何かにかけて小野田はみゆきに話しかけてきていた。

「なあなあ、星野。さっきさー」

「……今、授業中だから」

素っ気なく、必要最低限の返答をしたはずなのに、小野田は。

「あ、やっと返事してくれた」

そう言って嬉しそうに笑う。どうして小野田がそんな表情を浮かべるのかわからない。

「……っ。授業に集中しないと、先生に怒られるよ」

「だいじょう――」

「その通りだ、小野田」

いつの間にか、数学の教師がみゆきと小野田のすぐ近くに立っていた。

「星野にアピールするのはいいが、授業中はやめてくれ」

「なっ、アピールなんかじゃ……！」

「はいはーい、気をつけまーす」

慌てて否定するみゆきのことばを遮るように、小野田は手を挙げると明るく言った。小野田と数学教師の会話にクラスメイトたちが笑う。もはやこの席になってから恒例にさえなっていた、お決まりの軽口。

でも、冗談でもこんなこと言ってほしくない。だって、みゆきは知っていた。みんなが笑う中で、海優だけは悲しそうな表情を浮かべていることを。

授業が終わり、休み時間。みゆきはチャイムが鳴り終わると同時に席を立った。小野田に話しかけられないように。

「みゆき？　どこか行くの？」

一人で教室を出て行こうとするみゆきに海優は声をかけてくれた。さっきみたいなことがあったあとで、絶対にみゆきに対して思うところだってあるだろうに。海優のこういうところ、本当に凄いと思う。だからこそ、みゆきは海優を悲しませたくなかった。

「お手洗いに行こうと思って」

「そっか、じゃあ私も行こうかな」

「あ、海優はダメだよ」

みゆきの言葉に、海優は不思議そうに首を傾げた。

「どうして？」

その答えは、みゆきのすぐ後ろにあった。

「体育委員の用事があるからだよ」

「小野田！」

海優の顔がパッと明るくなった。

「ってか、俺、みゆきにも待っててって言ったのになんで行っちゃうんだよ」

当たり前のように名前で呼ぶ小野田に、海優の表情は暗く、そしてみゆきは自分の顔から血の気が引くのがわかった。よりにもよって海優の前で呼ばなくても。

「な、馴れ馴れしく名前で呼ばないでよ」

「えー？　海優のことも海優だし、みゆきのことだってみゆきでいいじゃん。なあ？」

そう言って小野田が同意を求めたのはみゆきではなく、苦笑いを浮かべた海優にだった。

「そ、そうだね。でも二人いつの間に名前で呼び合うほど、仲良くなったの？　知らなかった」

「呼び合ってなんかないよ！　小野田くんが勝手に――」

「別にみゆきも俺のこと名前で呼べばいいじゃん、健斗って。ほら、呼んでみ？」

「～～呼ばない！」

いつもの調子でからかわれているのはわかっていたけれど、海優の前ということもあり、落ち着いてあしらうことができない。

「あ、おい。どこに行くんだよ」

「お手洗い！　小野田くんの私への用って数学のノートでしょ？　私、見せられないから海優にお願いして！」

とにかく一秒でも早くこの場所から離れたかった。これ以上、海優の前で小野田と話したくなかった。海優に嫌な思いをさせたくない。それから――ほんの少しだけ話しかけられて嬉しかった気持ちを、海優に気付かれないうちに消し去りたかった。

でも、やっぱりそう上手くはいかなかった。

その日の放課後、珍しく海優が「一緒に帰ろう」と声をかけてきた。どうやら今日は部活が休みのようだった。

最近は小野田がちょっかいをかけてくるせいもあって、こうやって海優と二人で過ごすのも久しぶりな気がする。

運動場とネットで隔てられた砂利道を歩いて校門に向かう。ネットの向こうでは運動部が練習をしているのが見える。小野田も頑張っているのだろうか――。

「小野田、頑張ってるかな」

一瞬、自分の口から思っていることが漏れたのかと思った。

「そ、うだね。どうだろ？」

声がひっくり返らないようにするのに必死だった。そんなみゆきをチラッと横目で見ると、海優は「あーあ」とため息を吐いた。

「いいなー、みゆき。小野田に気に入られてて」

「き、気に入られてなんて……」

立ち止まってネットの向こうに向ける視線の先には、小野田がいるのだろうか。みゆきはその視線の先を追いかけるのをやめた。見つけてしまえばきっと、逸らせなくなってしまうから。

「なんてね。困らせちゃってごめん」

どう返事をしていいのかわからなくて、みゆきは黙ったまま首を振った。どうしてこうなってしまうのだろう、海優にこんな顔をさせたいわけじゃないのに。

「ごめんね、帰ろうか」

寂しそうに微笑む海優に頷くと、ゆっくりと歩き出した。ネットの向こうにいるはずの小野田の姿には目をくれることもなく。

翌日、教室に着くとみゆきはカバンを置いてノートを広げた。しばらくして小野田がやってくるけれど、視線を上げることはない。

「おはよー」

「…………」

小野田が挨拶をしたのはわかったけれど、顔を上げなければそれが誰に向かって言っているのかわからない。

「おーい、みゆき？　おはよー」

「…………」

聞こえないふりをするのは胸が痛む。けれど、集中していれば聞こえないときだってきっとあるはずだ。ただひたすらに自分自身へ小野田に返事をしない言い訳をし続けた。

小野田はまだ何か言いたそうにしていたけれど、他の男子が話しかけてきたおかげで、みゆきではなくそちらへと興味がうつったようだった。

みゆきは小さく息を吐いた。早くこの席じゃなくなってほしい。そうしたら今よりもきっと話しかけられる回数も減るはずだ。

席替えまであと二週間。短いようでいて長い日数に、みゆきはもう一度ため息を吐いた。

やがてチャイムが鳴り、みんなが自分の席へと着く。もちろんみゆきの隣の席には小野田の姿があった。

「なあ、みゆき。昨日の放課後さ、野球部の方見てただろ？」

「なっ」

――んで知っているの。

反射的に言ってしまいそうになって、慌てて口をつぐんだ。

「やっぱり。声をかけようと思ったら帰っちゃったからさ。俺のカッコいいところ見ててくれたの？」

冗談のように、でもどこか嬉しそうに小野田は言う。そんな小野田をあえて無視するのは心が痛んだ。けれど、こうする以外にどうしたらいいのか、今のみゆきにはわからなかった。

「なあ」

俯(うつむ)いたまま何も言わないみゆきにしびれを切らしたのか、小野田は苛(いら)ついたような声を出した。

「なんで無視するんだよ」

理由なんて答えられるわけがなかった。

「何とか言えよ……」

吐き出すように言う小野田に、みゆきは――。

「もう話しかけないで……」

「は……？」

「お願いだから……」

そう伝えるので精一杯だった。みゆきの言葉に小野田はしばらく黙ったあと、一言だけ呟いた。

「わっかんねーよ」

苦しそうに言う小野田に、みゆきまで辛くなる。でも、これでよかったんだとそう思い込むことしか、みゆきにはできなかった。

その日から、小野田がみゆきに話しかけてくることはなくなった。授業でかかわることがあっても、黙ったまま進めていく。話しかけるなと言ったのは自分なのに、胸が酷く痛む。でも、それと同じぐらい話しかけられないことに対してホッとする自分自身もいた。これで海優が傷付かなくて済む。そのためなら、自分自身が辛いことなんてどうでもよかった。どうでもいい、はずだった。

放課後、教室から出ようとしたみゆきは、同じタイミングで出ようとした小野田と出口でぶつかった。「ごめんなさい」と反射的に言いそうになったけれど、それよりも早く小野田はみゆきを一瞥し、そのまま教室を出て行った。

「あ……れ、なんで……」

そうあることを自分が望んだはずなのに。これでいいはずなのに。

みゆきの足下に、小さな黒いシミができていく。それが自分の頰を伝い落ちた涙だと気付いた瞬間、みゆきは逃げ出すようにして教室を飛び出した。

こんな姿、誰にも見せられない。誰にも気付かれたくない。

校庭横の砂利道を走り、バス停へと向かう。タイミングよく来たバスに飛び乗って、ポールをギュッと握りしめた。そうしないと、崩れ落ちてしまいそうだったから。

バスの窓から逆瀬川駅が見えてくると、少しだけ握りしめた手を緩めた。

バスを降り、駅へと向かう。改札を抜け、階段を上ると一号線のホームへと向かった。自宅のある清荒神駅までは、宝塚駅まで行って乗り換える必要があった。

電車の到着まであと十分ほど。ベンチに座っていると、ホームに立って話をする女の子たちの声が聞こえてきた。

「えー、それじゃあ美保ちゃん。そこで好きな人に会えたの？」

「らしいよ。数年ぶりに再会して告白もできたって」

「凄い！　……でも、ホントにそんなことあるー？」

みゆきのものとは違う制服を身に纏った彼女たちは、どうやら友人の恋バナをしているようだった。

「美保ちゃんはそう言ってたけど、ちょっと信じられないところはあるよね」

「だよね。そもそも逆瀬川には三号線なんてないのに、そこに三時三十三分に電車が来るなんて子どもだましもいいところだよ」

友人の話、だったはずだけれど、その口調はどこか馬鹿にしているようにも聞こえた。けれどまあ、それもしょうがないのかもしれない。彼女たちの言う通り、逆瀬川駅は宝塚方面に向かう一号線と、西宮北口方面に向かう二号線しかない。存在しない三号線に来る電車に乗るなんて、できるわけがないのだ。

「でもさー、ホントならロマンチックじゃない？　『午後三時三十三分に三号線ホームに入ってくる電車は奇跡の電車って言われていて、三号車に乗ると会いたい人に会える』なんてさ。来るはずのない電車で、会いたいって願った人に出会えるんだよ」

「ホントなら、ね。半分以上美保ちゃんの妄想だと私は思うなー。あ、電車来るよ」

ホームに電車の到着を知らせるメロディとアナウンスが流れ始める。みゆきも座っていたベンチから腰を上げると、ホームに立った。

夏の訪れはまだまだ先のはずなのに、照りつける太陽はあまりに眩しい。まるで運動場で白球を追う、小野田のキラキラと輝く表情のようだ。

「……っ」

無意識のうちに小野田のことを思い出してしまい、慌てて首を振る。

違う、もう小野田のことなんて気にしないって決めたんだ。

そう決めた、はずなのに——。

どうしてか酷く痛む胸を押さえたまま、みゆきは目の前で扉が開いた電車へと飛び乗った。

翌日からみゆきが意図的に無視しなくても、小野田はみゆきに話しかけてくることはなくなった。最初こそ「ケンカでもしたのか？」とか「フラれたのか？」とか茶化(ちゃか)す男子はいたけれど、三日四日と続くうちに、その光景が当たり前のようになっていき、誰も何も言うことはなくなっていった。

胸が痛むけれど、自分が望んだことだ。傷付く資格なんて自分にはない。

でも、そう思えば思うほど、隣の席に座る小野田のことが気になって、授業中何度も何度も気付かれないように視線を向けてしまう。けれど、小野田の視線がみゆきに向けられることはただの一度たりともなかった。

そしてそのまま、次の席替えの日を迎えた。六時間目のＬＨＲの時間、教卓に置かれた箱からくじを一人ずつ引いていく。

みゆきは廊下側の一番前の席だ。自分の席へと戻りながら、隣の小野田に視線を向ける。

小野田はどこの席になったのだろうか。

チラッと見えたクジの紙。『1番』と書かれているみゆきの紙とは真逆の位置を示す『40番』と書かれた紙。小野田は窓際の一番後ろの席だった。

これだけ離れてしまえば、教室の中で顔を合わせることもきっと減る。今みたいに隣の席にいて、お互いに無視し合っているよりもきっとずっといいはずだ。

新しい席に机を移動させると、みゆきはわざとらしく教室を見回す。自然と目に入った小野田の姿。その隣の席には、海優の姿があった。

「あ……」

海優に向かって笑顔を浮かべる小野田が見える。あの日からずっと、みゆきに向けられることのなかった笑顔。他の人に向けられたものだとわかっていても、心臓が高鳴るのを感じる。それと同時に胸がギュッと締め付けられる。

忘れようと思っているのに、忘れたいと思っているのに、どうして――。

視線に気付いたのか、不意に小野田がこちらを向いた。

「……っ」

慌てて前を向いて俯くと、ギュッと握りしめた右手の拳を左手で包み込む。まるで悪いことをしていたのがバレたみたいに、心臓の音が大きく鳴り響く。

気付かれて、いませんように――。

そう祈るだけで、精一杯だった。

――結局、小野田にもそして海優にも気付かれてはいなかったようで、何かを言われることはなかった。

その日の放課後、運動場横の砂利道を歩きながら、気付けば足を止めていた。ネットの向こうに見える野球部の練習風景。あんなにもたくさんの同じ練習着を着た男子たちの中で、ただ一人小野田の姿だけが特別に見える。

「……くっ……ふ……っ」

気付けばみゆきの頬を涙が伝い落ちていた。手の甲で拭っても拭っても溢れ出てくる涙は、どんなに諦めようと思っても溢れ出る、小野田への想いに似ている気がした。

朝起きて、いつものように学校に行く準備をする。時計の針はとっくに家を出る時間を過ぎているのに、みゆきはまだ玄関先でグズグズしていた。

気が重くて、学校に行きたくない。その原因はわかっている。

ポケットからスマホを取り出すと、メッセージアプリを開く。昨日の夜、寝ようとしていたみゆきのスマホに海優から届いたメッセージには『明日の昼休み、話があるから』とだけ、書かれていた。『なんの話?』と送り返したけれど、『直接言いたいから』というテキストと一緒に笑った猫のスタンプを送ってきていた。

いったい何を言われるのか気になって、昨日の夜はなかなか寝付けなかった。でも、正直心当たりはある。今の海優が、わざわざ予告してまでみゆきに言いたいこと。そんなの、小野田のことぐらいしか思いつかなかった。

「あれ？　まだいたの？　時間、大丈夫？」

リビングのドアが開き、みゆきを見つけた母親が尋ねる。時間を見ると、たしかにそろそろ出ないと遅刻してしまう。

結局、いつもよりも二十分ほど遅い電車に乗り、重い足を引きずるようにしてみゆきは学校に向かった。

教室に着くと、もうほとんどの生徒は登校していた。教室の入り口から中を見回すと、まだ来ていないのは朝練がある部活の人だけ――。

「……どいてくれる？」

「あ……っ」

すぐ後ろから聞き覚えのある声が聞こえて、みゆきは慌てて振り返った。そこには予想通り、小野田の姿があった。こんなにはっきりと真(ま)っ直(す)ぐに小野田のことを見たのは、いつ以来だろう。

前よりも日に焼けた気がする。部活の後だからか、髪が濡(ぬ)れて雫(しずく)が頬を伝っている。それから、それから――。

「なに？」

「え……？」

「ずっと見てるけど、俺に何か用？」

「あ……う、ううん。特には……」

「あっそ」

ぶっきらぼうに、そして素っ気なく小野田は言う。冷たい視線に耐えきれず「ごめんね」と、みゆきは身体を端へと寄せた。

みゆきを一瞥すると、それ以上何も言うことなく小野田は教室へと入っていく。そういう態度を望んだはずなのに、胸が引き裂かれるほど、辛くて悲しくて、痛かった。

どうしてこうなってしまったんだろう。どこで間違えてしまったんだろう。ううん、間違えてなんかない。間違えてなんか、いないはずだ。

自分の席に座り、何度も何度も思い込ませるように唱え続ける。これでよかったんだ。こうするしかなかったんだ。だから――。

目の奥が熱くなり、目尻に涙が溜まりそうになるのを、誰にも気付かれないようそっと指先で滲む涙を拭い取った。

小野田のこと、海優のこと。考えることがたくさんで、午前中の授業の内容はほとんど頭に入らなかった。

四時間目の終わりを知らせるチャイムが教室に鳴り響く。昼休みなんてこないでほしい。そんなみゆきの願いも空しく、クラスメイトたちはようやく訪れた昼食の時間に明るい声を上げる。昼休みが始まって心が沈んでいるのなんて、きっとこの教室にみゆきだけだ。

「……みゆき」

その声に、自分の肩が震えたのがわかった。

おずおずと顔を上げる。すると予想通り、そこには海優の姿があった。

「中庭、行こっか」

海優の言葉に、頷くのが精一杯だった。カバンから弁当箱を取り出すと、先を歩く海優の後ろをついていく。隣に並んだ方がいいのはわかっていたけれど、何か話しかけられたらと思うと、どうしても隣を歩く気になれなかった。

お互いに無言のまま中庭へと向かう。空いているベンチは一つだけで、何の因果かそこはあの日、海優から好きな人がいることを打ち明けられた場所だった。

海優の隣に腰を下ろしたみゆきは「あの、ね」という声が聞こえ、膝の上に載せた弁当箱を持つ手に力が入ったのがわかった。

「昨日、ごめんね。話があるなんて送っちゃって。ビックリした、よね」

「……うん、ちょっとだけ」

「だよね、ホントごめん。送ってから、普通に学校で声かければよかったって思って。でも、送信取り消ししても、もし通知画面でみゆきが見てたら余計に気になっちゃうだろうなって思ったら消すこともできなくて」

たしかに、それは余計に何かあったのかもしれないと不安になったと思う。「ホントごめんね」ともう一度謝ると、海優は一度目を伏せて、隣に座るみゆきの方を向いた。

「私、ね。小野田に告白した」

覚悟をしてきたつもりだった。けれど実際に言葉として聞くと、胸の奥が酷く痛む。でも、そんな気持ちを必死に押し殺すと、みゆきは静かに頷いた。

「そっ……か。それで、どうだった？」

どうにか自然に聞こえるように、顔を上げて言葉を紡ぎ出す。動揺しているのを悟られないように、必死に声が震えないように落ち着かせて。

幸い、海優はみゆきの不自然な態度に気付くことはなかったようで、一瞬キュッと唇を引き締めたかと思うと、小さく口を開いた。

「付き合ってほしいって言ったら……いいよって」

瞬間、息が止まるのがわかった。心臓の音がうるさいぐらい全身に鳴り響く。指先の毛細血管まで、ドクドクと脈打っているのがわかった。

目の前が真っ暗になるというのはこういうことを言うのだと、身をもって知ることができた気がする。それぐらい、海優の言葉には威力があった。

「みゆき？」

「あ……」

何も言えずに、ただ呆然としていたみゆきに、海優はどうしたのかと心配そうな視線を向けていた。

好きな人に告白をして、オッケーをもらった。きっと今の海優は幸せな気持ちでいっぱいのはずなのに、そんな表情を浮かべさせてしまったことに申し訳なくなる。

みゆきは深く息を吸うと、重苦しい空気を吹き飛ばすように、肺の中に入った空気を吐き出した。——一緒に、胸の中に湧き上がった苦しさも吐き出してしまいたくて。

「みゆき……？」

突然、深呼吸をするみゆきを海優は不思議そうに見つめる。みゆきは、ゆっくりとその目を見返し、そして口を開いた。

「おめでとう」

「みゆき……」

「ずっと好きだったもんね。ホントによかった。よか……っ」

言葉を続けようとするのに、いつの間にかこみ上げてきていた涙のせいで、上手く喋ることができない。

「や、やだ……。よかったって思ったら、涙が……」

急いで涙を拭うと、窺うように海優を見た。変に思われてないだろうかと不安になる。

「ご、ごめんね。すぐ泣き止むから」

「……ねえ、ホントにいいの？」

「……な、にが？」

海優の言葉の意味がわからない。何が「いいの？」なのだろうか。「いい」以外に答えがあるわけがない。親友が、ずっと好きだった人に告白してオッケーをもらったのだ。これほど嬉しいことはない。

「当たり前だよ。おめでとう」

もう一度、祝福を伝えるみゆきをジッと見つめたあと、海優は小さく息を吐いて、それから頷いた。

「海優？」

「……ううん、なんでもない。そんなふうに言ってもらえて嬉しい。ありがとう」

親友のみゆきが、海優の幸せを喜んで涙を流した。きっと海優の目にはそう映っているはずだ。それでいい、ずっとそう思っていてほしい。気持ちと言葉が正反対なみゆきになんて、決して気付かないでほしい。海優の大切な親友のままでいたいから。

「本当、に……よかった」

必死に絞り出すようにして伝えた言葉。海優の顔を見ることができず、膝に載せた弁当箱をジッと見つめる。だから「ありがとう」と言った海優がどんな顔をしていたのか、みゆきが知る術はなかった。

その日の放課後、気付けばみゆきは逆瀬川駅の前に立っていた。どうやってここまで来たのか記憶が定かではない。それどころか五時間目と六時間目をどう過ごしたのか、それすら記憶になかった。おぼろげに覚えているのは、海優に急かされ、掻き込むように食べたお弁当のことだけ。いつもは甘いはずの卵焼きなのに、今日は味を感じることがなかった。

定期券を通すと改札の中に入る。電車の時間を確認しようと電光掲示板に視線を向ける。次の電車は三時三十八分発。ちょうど今先の電車が行ってしまったようで、あと十分ほど待つ必要があった。

ホームに上がって待っていよう。そう思い階段を上っていると、見慣れない看板が目に入った。

「三号線ホームは、こちら？」

どこ方面行きかも書いていないその看板は、存在するはずのない三号線のホームへの通路を記していた。いったいどういうことだろう。新しいホームができたのだろうか？　工事をしていた覚えはないけれど。

でも、待って。三号線ってどこかで聞いたことがあるような――。

「あっ」

先日の女子たちの会話を思い出す。

『午後三時三十三分に三号線ホームに入ってくる電車は奇跡の電車って言われていて、会いたい人に会える』

スマホを見ると、今は三時三十一分。もし本当にこの看板の示す先が三号線ホームなら、このあと奇跡の電車が来る――。

「って、そんなことあるわけ……」

あるわけないと頭では理解している。こんなどこに繋(つな)がっているかもわからない通路へと、足を踏み入れるのが危ないこともわかっている。でも、それでももしも本当に、会いたい人に会えるのなら。

ゴクリと唾を飲み込んだ音が、妙に大きく耳の奥で響く。拳をギュッと握りしめると、みゆきは三号線ホームへと続く通路へと向かって歩き出した。

通路は普段歩いている一号線へと向かう通路と特に変わらないように見える。唯一違うことがあるとするなら、みゆき以外にこの通路を歩いている人がいないことだ。

不安になりつつもホームに続く階段を上がった。そこには――当たり前のようにホームがあった。線路を挟んで向こう側には、いつもみゆきが利用している一号線と二号線が見える。ホームの屋根には『三号線』と書かれたプレートが掛かっていた。やはりここは、三号線で間違いないらしい。

やがて、電車が入ってくることを知らせるメロディとアナウンスが聞こえてきた。

『みなさま、まもなく——方面へ向かう電車が到着します。危険ですので黄色い点字ブロックの内側にお下がりください』

どこに向かう電車なのか聞き取れなかった以外は、聞き慣れたアナウンスが流れ、そして電車が音を立てて三号線のホームにやってきた。

目の前で三号車と書かれた電車のドアが開く。まるでみゆきが入ってくるのを待っているかのように。

本当に、乗っても大丈夫なのだろうか。このまま帰ってこられないなんてことは、ないのだろうか。あの女子たちの話によれば、美保ちゃんはこの中で好きな人に会えた、らしいけれど。

「〜〜っ」

自分の選んだ選択に後悔はない。小野田のことを好きになった。でも、それ以上に海優との関係を壊したくないし、親友の恋を応援したい。

でも一つだけ。一つだけ心残りがあるとしたら——きちんと、小野田と話をしなかったことだと思う。あんなふうに一方的に拒絶して、仲違い（なかたが）いするような形で関係を切ってしまった。あのときはああするしかなかった。あれが最善の方法だと思った。

でも、もしももっとちゃんと話をして、自分の気持ちを整理できていたら。そうしたら今みたいにはなっていなかったかもしれない。

全部が『たら、れば』で、その通りにしていたからといってどうなったかなんてわからない。結局、今と同じところに落ち着いていたかもしれない。それでも、同じ結果だったとしても少しでも後悔は少ない方がいい。

「……決めた」

どうせ学校に行ったって話をすることなんてできない。それなら、この奇跡の電車に懸けてみよう。電車なのだから、きっとどこかの駅には停まるはず。阪急沿線なら、どこで降りても帰れなくなる、ことはないはずだ。

覚悟を決めて足を踏み入れたみゆきの背後で、電車の扉が閉まった音がした。

辺りを見回すけれど、車内におかしなところはないように見える。ただモヤがかかっていて、みゆき以外に誰が乗っているのか、判別することは難しかった。

でも――。

「あ……」

モヤの中に見覚えのある後ろ姿を見つけた。顔を見なくてもわかる。

「小野田君……」

「え？　……みゆき？」

そう言って振り返ったのは、どうしようもないほど会いたくて、ずっともう一度話したかった人の姿だった。

「あ、そっか。みゆき、電車通学だっけ。俺、今日はちょっと用があって乗ってるんだけどさ」

少し驚いたような表情を浮かべながら、小野田は聞いてもいないのに自分が電車に乗っている理由を話す。

「そうなんだ。じゃあ、凄い偶然だね」

「そう、だな。……ってか、なんか元気ない？　大丈夫？」

身をかがめるようにして、小野田はみゆきを覗き込んだ。その距離の近さに、慌てて一歩後ずさる。顔が熱い。赤くなっているのが、小野田に気付かれるかもしれないと両手で頰を覆った。

けれど、その瞬間電車が揺れ、みゆきは体勢を崩しそうになる。

「何、やってんだよ」

小野田はみゆきの腕を掴むと、転ばないようにと支えてくれた。

「危ないからちゃんと掴まってろよ」

どこに、とは聞けなかった。小野田が、あまりに自然に自分の腕を差し出したから。おずおずと、その腕を取ろうとして――みゆきは昼に海優から聞いた話を思い出す。

『――私、ね。小野田に告白した』

伸ばしかけた手を、静かに下ろした。目の前の男子は、もうただのクラスメイトではない。海優の、親友の彼氏なんだから。

「みゆき？」

怪訝(けげん)そうな表情を浮かべる小野田に、みゆきは唇をギュッと噛(か)みしめる。車内には終点である宝塚駅にもうすぐ到着するというアナウンスが流れた。みゆきは小さく息を吸うと、顔を上げた。

「海優と付き合うようになったって聞いたよ」

「な……」

「幸せにしてあげてね。泣かせたら許さないんだから！」

それだけ言うと、音を立てて開いたドアから、逃げ出すようにして飛び出した。後ろを振り返ることなく、階段を駆け下りて、もう一つのホームへと向かう。タイミングよく来た電車に乗り込んだ。

そのまま、すぐ後ろで閉まったドアに背中をもたれさせると、みゆきはその場に座り込むようにして崩れ落ちた。ちゃんと笑顔を浮かべられただろうか、ちゃんと友達のフリができただろうか。

「ふっ……あっ……ああ……っ」

みゆきの頬を伝い落ちた涙が、電車の床を濡らしていく。周りにいる人達の怪訝そうな声が聞こえてくる。泣き止んだ方がいい、そうわかっているのに——。

どうしても涙を止めることができなくて、駅に着くまでの二分間、みゆきは嗚咽を漏らし続けた。

翌朝、外が薄ら明るくなってきて、仕方なく身体を起こす。眠ろうとしたのに、結局寝付くことができなかった。重い身体を無理矢理立たせて、壁に掛けた鏡を見ると、そこには酷い顔をした自分自身がいた。

瞼は腫れぼったく重くなり、どうにか開けてみても充血して真っ赤になった瞳。ほとんど眠れなかったせいで、目の下は隈ができていた。こんな状態で学校に行くのは、と思うけれど行かなければ行かなかったで、海優に心配をかけてしまう。

誰にも気付かれないようにキッチンへと向かうと、いくつか取った氷を袋に入れてタオルに包んでから瞼に当てた。学校に行くまでに少しはマシになるといいのだけれど。

「……学校、行きたくないなぁ」

ポツリと呟いた言葉が、誰もいないリビングで妙に響いた。

行きたくない。行けば必然的に、海優と小野田の姿が目に入る。付き合いだしたのだから、今日からお昼は二人で食べるのかもしれない。休み時間も楽しそうに話をしているかもしれない。そんな二人を見て、笑顔でいられる自信はない。

後悔は少ない方がいいと三号線の電車に乗ることを選んだ。でも、後悔が減ることと、自分の中で気持ちの整理を付けることはまた別だ。

ずっと二人が一緒にいる姿を見続ければ、いつかこの気持ちも薄らぐだろうか。小野田への気持ちを、忘れることができるだろうか。

「辛いなぁ……」

誰にも聞かれていない今だけだから。海優の前でも小野田の前でも、笑顔でいられるように頑張るから。今だけは、海優の親友じゃなくて、ただのみゆきの本音を吐き出したかった。

母親が起きてくる頃には、随分と目の腫れもマシになっていた。それでも「夜更かしでもしたの？」と聞かれてしまったけれど、なんとか誤魔化せるぐらいだった。

これならきっと、学校に行っても大丈夫。自分自身を励ましながら、どうにか学校へと向かった。でもやっぱりどこか上の空で、授業中に先生から三度も注意され、昼食の時には口に運ぼうとした卵焼きを落としてしまった。

そのたびに、つい海優たちの方へと視線を向けてしまう。二人で何か言ってないだろうか。変に思われてないだろうか、と。毎回杞憂に終わるのに、それでも何度も何度も二人を見てしまう。

五、六時間目こそはちゃんと受けなければと、気を引き締めたおかげで無事乗り切ることができたけれど、この調子だと帰りの電車を間違えかねない。間違えて西宮北口へ行かないようにしなければ。

帰りのホームルームが終わり、みゆきは荷物を手に席を立つ。心が疲れ切っていた。昼休みは頑張ったけれど、できれば海優と二人で話すのは避けたい。こんなことを思うなんて親友失格だと言われるかもしれないけれど、それでも自分の心を守るためにはどうしようもなかった。

なのに。

「みゆき」

帰ろうと立ち上がったみゆきの背中に、誰かが——ううん、海優が声をかけた。まるで死刑宣告のような声に、みゆきは恐る恐る振り返った。

「海優……。どう、したの？」

「ね、少し時間ある？　話、したくて」

私は話なんかない、時間ないんだ、用があって——。

いろんな言葉が頭の中を駆け巡るけれど、結局みゆきが言えたのはたった一言だけ。

「大丈夫だよ」

心にもないことを、笑顔を浮かべて言った。

教室にはまだ人が残っていたので、海優と一緒に中庭へと向かった。小野田が好きだと聞いたのも、そして小野田と付き合うようになったと聞いたのも中庭のこのベンチだった。もはやこの場所にいい思い出はない。一人でなら足を踏み入れるのさえ躊躇する場所になってしまった。

横に並んで座ると、途中の自販機で買ったパックジュースに口を付ける。喉なんか別に渇いていなかった。ただ間が持たなかったのと、飲み物でも飲んでいないと沈黙に耐えられなかった。

みゆきがパックジュースを半分ほど飲み終えた頃、海優は口を開いた。

「あのね、聞いてもいい？」

「どうしたの？　何かあった？」

「私じゃなくて、みゆきこそ何かあったんじゃない？」

「え……」

そんなこと言われると思っていなくて、思わず言葉に詰まる。でも、あんなふうに先生から注意されていれば、そう思われても仕方ないのかもしれない。

「何もないよ、強いて言えば寝不足なぐらいかな」

「寝不足？」

みゆきの言葉に、海優は疑うような視線を向ける。みゆきは、今朝母親にしたのと同じ言い訳を口にする。

「うん、昨日の夜さ、本を読み始めたら夢中になっちゃって。気付いたら明け方だったんだよね。そのせいで目も腫れぼったいし、一日中眠いしで参っちゃった」

へへっと笑うみゆきに対して、海優は黙ったままだった。

「心配させちゃってごめんね」

この話はこれで終わり。海優の杞憂だったね。そう伝わるようにみゆきは言う。けれど、海優はみゆきの言葉を信じていない様子で、静かに首を振った。

「ねえ、私に隠していることない？」

「隠してる、こと？　ない、よ？」

できるだけ自然に聞こえるように、平静を装った。つもりだった。

「ウソ、だよね」

真っ直ぐに見つめられて、思わず視線を逸らしてしまう。これじゃあ、嘘を吐いていると言っているようなものだ。

「親友なのに隠し事するの？」

「別に、そんなんじゃ」

「私は何でもみゆきに話すのに、みゆきは私になんにも話してくれない」

「そんなこと……！」

ない、とは言えなかった。だけど、本当のことなんて言えない。言えるわけがない。言えばきっと親友の好きな人を、彼氏を好きになったんだと海優に軽蔑されてしまう。

でも、海優は目を伏せると寂しそうに言った。

「私は、みゆきにとって信用できない人間なんだなって思うと、凄く悲しくなる」

「信用してないなんて、そんなことないよ」

「じゃあどうして思ってることとか言いたいこととか話してくれないの？」

「それ、は」

嫌われたくないから。でもそれは結局、海優に本当のことを言ってしまえば、みゆきのことを嫌いになるかもしれないと思っているから。そういうことに、なるのだろうか。

海優がそんなことで嫌いになるような人じゃないと思っている。でも、もしも、万が一。そう思うと、本当のことを話すのが怖くて怖くて仕方ない。それならいっそ、気持ちをなかったことにする方が簡単だし楽なんだ。

「……ごめん」

みゆきの返事に、海優は寂しそうに微笑(ほほえ)んだ。

「本当のことを話せない関係なんて、親友とは言えないよ」

「え、あ……」

「引き留めちゃってごめんね。それじゃあ、また……。ううん、じゃあね」

まるで決別の言葉を告げるかのように言うと、海優はベンチから立ち上がる。

「待って！」

みゆきは反射的に海優の腕を掴んだ。

「何……？」

背を向けて立ったままの海優は、振り返ることなく言う。冷たく言い放った言葉。でも、声が震えて聞こえたのは、きっと気のせいじゃない。

今までだって本心を打ち明けるチャンスはいくらでもあった。それを、海優に嫌われたくないからといって押し殺してきたのは、逃げてきたのは紛れもないみゆき自身だ。

その結果、好きな人も、そして大切な親友も失おうとしている。そんなの、嫌だ。

「ごめん」

「何を、謝ってるの」

「……ちゃんと自分の気持ち、言わなくてごめん」

みゆきの言葉に、海優は何も言わない。今までならここで諦めていたかもしれない。海優がどう思っているのか怖くて、気持ちを引っ込めていたかもしれない。でも、もうそんなことはしたくない。怖さを乗り越えてでも、大事にしたいものがみゆきにはあった。

「私、ね。小野田君のことが、好きです」

「…………」

「海優が小野田君のこと好きだって聞いてたから、好きになっちゃいけないって、こんなふうに思うのは間違ってるってずっと思ってた。だって、小野田君を好きな以上に、海優のことが大好きだから」

綺麗事かもしれない。でもこれは嘘じゃない。海優のことが好きで、大切で、失いたくなかった。好きになった人を諦めたとしても、海優と親友のままでいたかった。

「だから……」

「馬鹿だなぁ、みゆきは」

振り返った海優は、泣きそうな表情を浮かべたまま笑っていた。

「親友を好きな気持ちと、好きな男の子を思う気持ち、それは比べるものでも並べるものでもなく、全く別のものだって私は思うよ」

「全く、別の……」

「私は、小野田のこともみゆきのことも好き。みゆきは？」

「私は……」

海優に言われた言葉を一つ一つ呑み込みながら、みゆきは真っ直ぐな視線を向けると口を開いた。

「私も、小野田君と海優どっちも好き。でも、小野田君のことが好きな以上に、海優のことも大好き」

言い切ったみゆきに、海優は――呆れたように、でも嬉しそうに笑顔を浮かべた。

「そんなの、私もに決まってるでしょ」

「海優ー！　私、ごめんなさい……っ」

溢れ出る涙を止めることも拭うこともできないまま、ぐちゃぐちゃの顔でみゆきは海優に抱きついた。そんなみゆきを受け止めてくれる海優の身体も、小刻みに震えていて、泣いているのが伝わってくる。

ようやくみゆきが泣き止んだ頃、そっと身体を離すと海優は「あのね」と切り出した。

「私もね、みゆきに謝らなきゃいけないことがあるの」

「謝らなきゃいけないこと？」

「そう。……小野田とね、付き合うことになったって言ったけど、あれウソなんだ」

「え……？」

気まずそうに海優は言うけれど、みゆきは言われたことに対して理解が追いつかなかった。海優と小野田が付き合っているというのが嘘？　なんでそんな嘘を吐いたの？　どうして？

「……小野田に告白したのは本当だよ。でも『好きな奴がいるからごめん』ってフラれちゃったの」

「小野田君に、好きな人……」

「そう。『その相手からは避けられてて話もできないんだけど』って小野田が悲しそうに言っててさ。誰のことを言ってるのかすぐにわかった」

海優はみゆきをジッと見つめる。その視線が、小野田の言う『好きな奴』をでも、まさか、とかそんなことない、とかそんな言葉が頭の中をグルグル回って上手く言葉にすることができない。

「なのにさ、当の本人は私に気を遣って露骨に小野田のこと避けるしさ。私のためだってわかってたけど、だからこそむかついちゃって……意地悪しちゃった」

「意地悪？」

「小野田と付き合ってるってやつ」

「あ……」

「ごめんね」

目を伏せて海優は謝る。でも、そんな嘘を吐かせたのは、自分の気持ちをきちんと伝えることから逃げたみゆきだ。

「……もうわかってるんでしょ。自分の気持ちも、小野田の気持ちも」

黙ったまま頷くみゆきの肩を掴み、後ろを向けるとその背中を海優は押した。

「ほら、早く行く！」

「え、あ、」

「ちゃんと話しなかったら、明日から親友やめちゃうんだからね！」

「それ、は……嫌だなぁ」

「でしょ？　だから、さっさと行っておいで。それで、明日話聞かせてよ。ね？」

涙を拭うと頷いて、みゆきは中庭を駆け出した。海優を振り返ることはない。きっとそれでいい。

小野田を探して学校中を駆け回った。教室も、それから運動場も。けれど小野田の姿はどこにもない。運動場では野球部が練習をしているのが見えたけれど、小野田の姿はない。部活を休んでいるのだろうか。それとも、他の場所にいる？　どちらなのかわからないまま、ネット越しに小野田のいない野球部の練習を見つめ続ける。

「あ……」

ボールがちょうど転がってきて、ネットのところまで野球部の練習着を着た男子が走ってきた。話したことはないけれど、同じ学年の生徒だった。

彼なら知っているかもしれない。でも同じ学年とはいえ、話したこともないのに突然話しかけて変に思われないだろうか。そもそもみゆきが同じ学年だと知らないかもしれない。たくさんの言い訳が頭の中を駆け巡る。でも——。

「……っ。あ、あの！」

「え？」

ネット越しに声をかけたみゆきに、少し驚いたような表情を浮かべたあと左右を見回し、「俺？」とでも言うかのように自分自身を指差した。

必死に頷くみゆきに、彼はボールを拾うと駆け寄ってくる。

「えっと、星野さん……だっけ？　どうかした？」

どうやらみゆきのことを知っていてくれたようで、名前も知らない彼は優しく笑いかけてくれる。その笑顔に少しだけ緊張がほぐれた。

「あのね、今日って小野田君って部活お休み？」

「小野田？　あー、今日はなんか家の用事とかで休みだよ」

「そう、なんだ」

どうりで学校の中にも運動場にもいないはずだ。みゆきは野球部の男子に向かってお礼を言うと、ネット横の砂利道を一人で歩き出す。

部活が休みなら仕方ない。帰ってしまったなら仕方ない。

でもその仕方ないは、想(おも)いを伝えられなくても仕方がないという、自分の逃げる気持ちを正当化しようとしているものだということはわかっていた。

「逃げちゃ、ダメ」

自分自身の気持ちにきちんと向き合うって決めたんだから。小野田に気持ちを伝えて、それで奇跡みたいに小野田も同じ気持ちだったら――。

「奇跡……。そうだ、奇跡の電車！」

時計を確認すると、あと十分で三時三十三分になる。今からなら、走れば間に合うかもしれない。

「急がなきゃっ」

みゆきは慌てて砂利道を走り出した。奇跡の電車で小野田に会うために。気持ちを伝えるために。

こんなふうに全力で走ったのなんていつぶりだろう。どうせ勝てっこないと決めつけて、全力で走ることをやめた。負けることは恥ずかしいことで、それなら最初から頑張らない方が悔しくもみっともなくもないからってそう思って。

でも本当は、全力で向き合ってこなかった今までの自分が一番恥ずかしいのかもしれない。友人との関係も、自分自身の気持ちも、全部上辺だけで本気で向き合ってなんてこなかった。

でも、もう逃げたくない。

「はあ……はあ……」

改札を通り抜けると、ホームに向かう階段を駆け上がる。ようやくたどり着いたホーム。

まだ電車は来ていなかった。あとは電車が来たら乗り込んで、それで――。

その瞬間、みゆきは足を止めた。

本当にこれでいいのだろうか。奇跡の電車を使えば、このあとすぐに気持ちを伝えることができる。でも、その奇跡みたいな出会いは作られたもので、自分自身が起こした奇跡ではない。

ホームに電車の音が響く。けれど、みゆきの足は踵(きびす)を返すと階段の方へと身体を向けた。

奇跡を待つのではなくて、自分の足で未来を掴みに行こう。

スマホを取り出すと、海優へとメッセージを打つ。海優なら小野田の家を知っているかもしれない。

けれどメッセージを打ち終えるより早く、みゆきの目に階段を上がってくる人影が映った。

「……小野田、君」

「みゆき……？」

顔を上げた小野田は、みゆきの姿に驚いたように目を見開いた。

「どうして、ここに」

「小野田君こそ……」

「俺は、その」

口ごもる小野田。でもここにいる理由なんて一つしかないはずだ。存在しない三号線のホームに続く階段にいる理由なんて。

「誰か、会いたい人がいるの？」

声が震えそうになるのを必死に堪えながら、みゆきは尋ねる。ギュッと握りしめた拳の中は、薄らと汗をかいているのがわかる。

みゆきの問いかけに小野田は――ふっと表情を和らげた。

「もう会えた」

優しく微笑む小野田に、ギュッと胸が締め付けられるのを感じる。ずっとこんなふうに笑いかけてほしかった。独り占めしたかった。

「俺、みゆきに言いたいことが」

「待って」

みゆきは小野田の言葉を遮る。そして。

「私から伝えさせてほしいの」

絞り出すように言った言葉に、小野田は静かに頷くと真っ直ぐにみゆきの瞳を見つめた。

「あの。ね。えっと、私……」

言葉に詰まるみゆきに、小野田は「大丈夫だから」と微笑んだ。

「焦らなくてもいいよ。ずっと待ってるから」

優しい言葉は、緊張して縮こまったみゆきの気持ちをほぐしてくれる。

深呼吸を一つすると、みゆきは小野田を見つめたまま口を開いた。

「私は、小野田君が好きです。だから、付き合ってください」

カチリと音を立てて、時計の針が動くと同時に、電車の出発を知らせるチャイムが鳴り響く。

「俺も、みゆきのことが好きだよ」

時刻は午後三時三十四分。奇跡の時間は終わり、ここからは二人の新しい時間が動き出す。

二号線

君に好きだと伝えたい

学校は好きだけど嫌いだ。櫻井こころは心の中でため息を吐くと、黒板の上にかかった時計に視線を向けた。六時間目の終了まであと十分。このまま無事に今日が終わってほしい。

そんなこころの願いも空しく、教卓の向こうに立った国語の先生が口を開いた。

「それじゃあ、隣の席の人に教科書に描かれている動物を一匹選んで説明をしてください。制限時間はチャイムが鳴るまで。はじめ！」

先生の言葉に、クラスメイトは一斉に椅子を隣に向け、口々に説明を始める。こころの隣の席に座る男子も、当たり前に椅子をこちらへと向けた。

けれど、こころは動くことができなかった。

「何やってんの？　早くやるよ」

不思議そうに男子は言う。ギュッと握りしめた拳に汗をかくのがわかる。心臓も大きな音を立てて鳴り響いている。男子の方を向かなければいけないのはわかっている。けれど、身体がどうしても動かない。

「なあ、いい加減にしろよ。俺らだけだぞ、やってないの」

優しく声をかけてくれていた男子も、だんだんと苛立ちを隠さなくなってきた。このままではいけないとわかっているけれど――。

「……なあ、俺も一緒にやってもいい？」

しびれを切らしたのか、男子は椅子をこころの方ではなく後ろへと向けた。その行動に、こころは安堵する。これで男子と話さなくて済む。

学校は好きだけど、嫌いだ。

友達は好きだけど、男子と話すのが怖い。それが櫻井こころだった。

憂鬱な気持ちを抱えたまま、こころは学校の最寄り駅である阪急京都線洛西口駅へと向かっていた。中学までは自宅から自転車で通うことができたけれど、高校に進学して電車通学になってしまった。

カバンから取り出したカナル式のイヤホンを耳に付け、スマホで音楽を流す。こうしておけば友人以外で話しかけてくる人はいない。最大まで上げた音量のおかげで、周りの声が聞こえることもない。こころにとって、自分を守る手段だった。

別に男子と話すのが苦手だからといって、男子に嫌な態度を取りたいわけではない。ただ話をしたくないから、こうやって自分を守ると同時に、相手にも不快な思いをさせないように気をつけていた。

――きっかけは、小学生の頃だった。学校の運動場にある大きな木には、夏になるとたくさんの蝉がとまり、大合唱をしていた。

ある夏、その木に登って蝉取りをするのがクラスの男子たちの間で大流行していた。

教室にたくさんの虫かごを置いて、授業中もうるさくて先生が怒っていたのをよく覚えている。

うるさかったことだけじゃない。忘れてしまいたいのに、あの事件のことは今もはっきりと覚えている。それぐらい怖くて忘れられない出来事だった。

一人の男子が、教室で虫かごから蝉を取り出した。何が楽しいのかわからないけれど、手に持って女子に見せつけ、嫌がる姿を見て笑っていた。

こころは蝉がどうしても苦手で、自分のところに見せに来ませんように、そう祈りながら男子に見つからないよう教室の隅に隠れるようにしていた。

けれど、そうやって怖がっていると、よけいに面白く思うのか、男子はわざわざこころのもとへとやってきて、目の前に蝉を差し出した。

「ひっ」と声を上げたこころがおかしかったのか、男子は笑いながらさらにこころに蝉を近づける。けれど次の瞬間、暴れた蝉が男子の手から離れ、こころの顔に止まった。

一瞬の静寂のあと、教室は笑い声に包まれる。けれど、こころはそれどころではなかった。パニックになって「取って！　取って！」と泣き叫ぶ。そんな姿すらおかしかったのか、男子たちは手を叩いて笑い続けた。

何度「取って」とお願いしても誰も助けてはくれず、泣き続けた結果、教室で吐いてしまった。相変わらずの男子の笑い声、女子の悲鳴、心配する声。怖くて恥ずかしくて苦しい気持ちの向こうに、ずっとみんなの声が響いていた。

あの日から、男子が苦手で話をするのも嫌だった。

二番線に電車が入ってくる。準急のせいか車内は混み合っていて、乗るか少しためらう。一本見送ろうか。けれど、今日は帰ってから母と買い物に行く約束をしていたことを思い出し、こころは混雑した車内に足を踏み入れた。

洛西口駅からこころの自宅の最寄り駅である大山崎駅までの乗車時間は十分と少し。京都や大阪に向かう人も利用する路線だけれど、普通と準急しか止まらないのでそこまで酷く混むことはない、はずだった。

「きゃっ……」

扉の近くに立って五分ほど経った頃、反対側の扉から凄い数の人が電車に乗り込んできた。漏れ聞こえて来た会話から、どうやら長岡天神駅の近くで何かイベントがあったということがわかった。タイミング悪く、終了時刻と重なってしまったということも。

最寄り駅まではあと五分。自分の立つスペースは確保できているので、なんとか耐えよう。そう思って目の前の扉の横にある手摺りに掴まった。

「……？」

違和感を覚えたのは、電車が動き出してすぐのことだった。背中に何かが当たっている。ううん、当たっているというよりは誰かの手が触れているような。

最初は満員電車だからそういうこともあるのかもしれないと思っていた。普段、満員電車になんて乗らないから、自意識過剰すぎるのかも、と。けれど、こころが動かずにいるうちに背中に触れていた手は明確に、こころのスカートへと伸びてきた。

「……っ」

痴漢だ、と思った瞬間、身体が凍りついたように動かなくなる。まるで自分の身体が自分のものじゃないようで、指一本動かすことも、声一つ出すことさえもできなかった。

怖い、嫌だ、助けて。

ギュッと手摺りを握りしめ、一秒でも早く次の駅に着くことを祈った。そのとき――。

「おい」

「な、なんだよ！」

少し低めの声がしたかと思うと、先ほどまでこころに触れていた手がパッと離れた。

「今、この子のこと触ってただろ」

「し、知らねえよ。混んでるからたまたま当たったんだろ」

「たまたまってお前……あっ、待てよ！」

駅に到着し、ちょうど開いた扉から少し小太りの男性と、それからその人を追いかける――こころと同じ学校の制服を着た――男の子が飛びだしていく。こころは身動き一つ取れず、ただその姿を見送ることしかできなかった。

目の前で閉まる扉の向こうで、こちらを向いた男の子が口パクで『ごめんな』と言いながら、手を合わせているのが見えた。

翌日、いつもより早く家を出た。昨日の今日で電車に乗るのは怖くて、理由は伏せて母親に学校まで車で送ってもらった。

学校が近づくにつれ、少しだけソワソワする。昨日は助けてもらったにもかかわらず、お礼を言うこともできないままになってしまった。男の子と話すのは苦手だけれど、助けてもらっておいてお礼を言わないままというのもどこか気持ちが悪い。

昨日の夜に書いた手紙が入った鞄（かばん）を、ギュッと抱きしめる。口でお礼を伝えることはできないかもしれないけれど、せめてと思って書いてきた手紙を渡したい。

制服のおかげで、男の子がこころと同じ洛日（らくじつ）高等学校の生徒だということはわかっている。横顔しか見ていないけれど学校の中で探せばすぐに見つけることができると、そう思っていた。

けれど、移動教室や体育の授業で教室の外に出るたびに男の子の姿を探してみるけれど、全く見つからない。隣のクラスや違う学年も探してみたけれど、そちらにも彼の姿はなかった。

「ねえ、こころ。最近なんか変じゃない？」

「え？」

昼休み、ジュースを買いに行くという友人の椎名優芽に付き合って購買へと向かっていたこころは、相変わらず彼を探すために辺りを見回していた。そんなこころの行動を、優芽は訝しげに咎めた。

「いつもキョロキョロしてさ。いったいどうしたの？」

「どうも、してないよ」

「ホントに？　まるで誰か探してるみたいだよ」

「そんなこと、は」

ないよ、と続けようとしたこころの視線が、購買のパンを持った男の子の姿を捉えた。薄ら茶色がかった髪色、意志の強そうな瞳、薄い唇。そこにいたのは数日前、電車の中でこころのことを助けてくれたあの男の子に間違いなかった。

「あっ」

「え？」

思わず声を上げてしまったこころの視線を、優芽は追いかける。そして――。

「吉田がどうかしたの？」

男子に視線を向けたあと、優芽は聞き覚えのない名前を口にした。

「よし、だ……くん？」

「そう、吉田大志（たいし）。こころ、知り合いだっけ？」

不思議そうに尋ねる優芽をよそに、こころはようやく知ることのできた彼の名前を、口の中で繰り返した。

教室で話すのは憚（はばか）られ、こころは優芽を連れて渡り廊下へと向かった。壁にもたれながら、先日の出来事を聞いたあと優芽は、真剣な表情で隣に並ぶこころの方を向いた。

「怖かったね」

「あ……」

「吉田がいてくれてよかった。ホントに。こころが無事で、よかった」

ギュッとこころの身体を、優芽が抱きしめる。その手が小刻みに震えていた。

「優芽……うん、ありがとう……」

自分のことのように心配してくれる友人の身体を抱きしめ返す。もう大丈夫だよ、と伝えるように。

——しばらくして、優芽はこころから身体を離すと、ふと何かを思い出したように「そっか」と呟（つぶや）いた。

「何が『そっか』？」

不思議に思って尋ね返したこころに、優芽は楽しそうな表情を浮かべた。

「だから吉田のこと、ずっと探してたんだね」

優芽の笑みの理由が気になったけれど、その言葉に間違いはないので素直に頷く。吉田のことを探していたのは事実だから。

「そうだよ、お礼を――」

「まさかこころが吉田に一目惚れなんて、想像もしてなかったなあ」

「え？　……なっ!?」

突然の優芽の言葉に、こころは言葉を失う。けれど、否定しなければ凄い誤解をされてしまうと慌てて口を開いた。

「ま、待って。違っ――」

「てっきりこころのタイプはもっと優しいふわっとした感じだと思ってた。ほら、男子のこと苦手って言ってたから余計に意外だった。吉田ってどっちかっていうとカッコいい雰囲気だし」

けれど、そんなこころの言葉なんて耳に届いていないようで、一人納得するように頷く優芽。けれど、こころが納得できるところは一つもない。

「だから違うんだって！　私はただ、お礼が言いたくて吉田君のことを探してたの！」

必死に否定しようと、普段出さないような少し大きな声を出して、暴走する優芽を止めた。

大きな声を出したこころに一瞬驚いたような表情を浮かべたものの、「ごめん、ごめん」と優芽は笑った。

「やー、こころが男子の話をするなんて珍しいから、つい。ごめんね」

「もう……」

呆れながらも、苛立つことはない。こうやって茶化すのさえ、優芽の優しさだとわかっていたから。

あのまま真剣に話していれば、恥ずかしさと情けなさと、それからあの日のフラッシュバックで、きっとまたしんどい気持ちになっていたと思う。

「なに？」

黙ったまま優芽を見つめるこころに、今度は優芽が怪訝そうな表情を向ける。

「ううん、なんでもない」

否定するこころに、優芽は不思議そうに首を傾げた。

渡り廊下の壁にもたれかかりながら、こころは優芽が話す吉田の話に耳を傾けた。

「吉田とは中学校が同じなの。当時から成績がよくて、先生からも一目置かれてたよ」

「吉田くんって頭いいんだ」

「今も進学クラスで、上位の成績なんじゃなかったかな？」

優芽の言葉で、ようやく学校の中を探しても見つからなかった理由がわかった。こころや優芽のいる普通クラスと吉田のいる進学クラスでは校舎が違う。こころたちがいる渡り廊下を挟んで向こう側の校舎に吉田はいる。

「そっか、向こう側はなかなか行きづらいなぁ」

移動教室なども含めて、自分たちの校舎で完結してしまえるので、基本的に何か用がない限り向こうの校舎に行くことはない。吉田に会うために行く、というのはこころにとってはハードルが高すぎた。

「なんでそんなに吉田に会いたいの？」

「会いたいというか、ちゃんとお礼を言いたくて」

「ホントにそれだけ？」

「もう、茶化さないで……よ……」

笑いながら言うこころの隣で、優芽は真剣な表情を浮かべていた。

「優芽……？　どうしたの……？」

「や、うん。もし、こころが本当に吉田のことを気になってるなら、とっても素敵なのにって思って」

「どういう……？」

優芽の言葉の真意が読み取ることができなくて思わず尋ね返すこころに、優芽は視線を吉田がいるはずの校舎へと向けた。

「吉田っていい奴だからさ」

「それは、そうだと思う」

同じ学校に通っているとはいえ、見ず知らずのこころを助けてくれるぐらいだ。いい人じゃないわけがない。

「でしょ。だから、こころが好きになる人がそんな人ならいいのにって。……そしたら、こころが男子苦手なのもちょっとはマシになるかもしれないって、そう思って」

「優芽……」

「なんて、ちょっとお節介すぎたね。ごめん、忘れて」

自分の言葉を自分で否定すると、優芽は両手を合わせてもう一度「ごめんね」と申し訳なさそうな表情を浮かべた。

「あ。でも本当に好きになったらちゃんと教えてね」

という一言を添えることを忘れずに。

名前とクラスがわかってからも、こころはふとした瞬間に吉田のことを探してしまっていた。向こうの校舎の人が、こちら側にいることはない。そうわかっていても、もしかしたら購買に用があるかもしれない。こちらの校舎にある移動教室へと向かう途中だったり、運動場に行くためこちらの校舎を通り抜けるかもしれない。

いろんな『かもしれない』を並べて、吉田を探す理由を作っていた。

そんな自分の行動に、こころ自身も、どうしてこんなにも気にしてしまうのかと不思議に思う。

『本当に好きになったらちゃんと教えてね』

そんな優芽の言葉が頭をよぎる。

そんなわけない。そんなはずがない。

そう思いたいのに、そうだとしたら全てに説明がついてしまう。吉田のことが気になるのも、頭から離れないのも。

もしかして、本当に……。

初めて湧き上がった感情に、こころは動揺を隠せずにいた。

自分の気持ちに確証が持てないまま、日にちだけが過ぎていく。

「はあ」

教室の窓際、前から三番目にある自分の席で、こころは一人ため息を吐いていた。自分の気持ちがよくわからない。この気持ちはいったい――。

「わっ」

突然目の前に、何かが差し出された。あまりの近さに、それが何かわからずにいると、クスクスと笑う優芽の声が聞こえて顔を上げた。

「ビックリした？」

悪びれもなく言う優芽に、わざとらしく口を尖らせてみせる。そんなこころの態度に優芽は、笑いながら先ほどの何かを見せた。

「え……」

そこにあったのは、入学式だろうか。体育館の壇上が写っている写真。その中心に立つのは吉田だった。

「これどうしたの？」

「覚えてない？　吉田って新入生代表挨拶してたんだよ」

「え、じゃあ入試トップってこと？」

「そういうこと」

進学クラスにいるのだから、成績がいいのだろうと思っていたけれど、まさか入試トップだなんて思わなかった。でも、どうして優芽がこんな写真を持ってきたのかはわからない。

理由を尋ねようとするよりも早く、優芽が言った。

「これ、いる？」

「――欲しい！」

反射的に返事をしたこころに優芽はニヤリと口角を上げる。けれど、そんな優芽の態度を咎める余裕はこころにはなかった。

「って、私、何を……」

そんなこと言うなんて自分で自分が信じられない。思わず両手で自分の口を押さえた。

「待って、今のは違うの。だって、私……」

動揺を隠せないこころに、優芽は優しく微笑んだ。

「今のが、こころの本当の気持ちなんじゃないの？」

「そんなこと……。だって、私男子のことが苦手で……だから……」

「苦手だって思いさえ飛び越えるぐらい、吉田のことを気になってる。……違う？」

違う、と言ってしまえばいい。そう思うのに――。頷くことも否定をすることもこころにはできなかった。

「小学校の頃にされたことで、こころが男子のことが苦手なのはわかるよ。でもさ、吉田はそのときの男子じゃないよ。それどころか、今、こころの周りにいる男子はこころに何か意地悪した？」

「……して、ない」

「そうだよね。……過去の自分の気持ちを大切にしてあげるのも大事だと思う。でも、同じぐらい今の自分やその周りの人を大事にすることも、大切なんじゃないかな」

優芽の言うことはもっともで、きっとその通りなんだと思う。でも、あのときの辛かった気持ちや苦しかった気持ちをなかったことにはどうしてもできなかった。

「これ、あげる」

何も言わないこころの手に、優芽は先ほどの写真をそっと握らせた。

「別にさ、吉田のこと好きになれなんて言わないし、こころが誰のことを想っても想わなくても自由だと思う。だけど、少しぐらい今の自分の気持ちを大事にしてあげたらどうかな」

「今の私の、気持ち」

「今のこころはどうしたい？」

「……吉田君に、お礼が言いたい」

そうだよね、と頷くと優芽は口を開いた。

「この写真は、欲しい？　欲しくない？」

写真を――。

「……もらっても、いいかな。この気持ちがなんなのかまだ自分でもわからないけど、でも……」

「もちろん。今はそれでいいと思うよ。助けてもらったから、ドキドキして好きなのかもって勘違いしているのかもしれないしね。ほら、吊り橋効果ってやつ？」

おどけるように言う優芽に、こころは小さく笑うと、手の中の写真に視線を落とした。

そこには真っ直ぐに前を見据えて立つ、吉田の姿があった。電車の中で、助けてくれたときと同じように、真剣な表情で。

優芽から写真をもらって数日が経った。ちなみに写真は生徒手帳に挟んである。別にいつでも持ち歩いておきたいから、とかそんな理由ではなく、ただ単に家に置いておいて母親に見つかるとめんどうなのと、カバンに入れておいて何かの拍子に落ちてしまうと困るから。その点、生徒手帳なら、持ち物検査があったとしても中を見られることはないし、カバーの内側に入れておけば落ちる心配もなかった。

吉田に助けてもらってから、もうすぐ二週間が経とうとしていた。早くお礼を言いに行った方がいいという気持ちと、どうしても勇気が出ない弱虫な気持ちがせめぎ合う。

一度、優芽が「私が呼んできてあげようか？」と言ってくれたけれど、それは丁重に断った。自分自身で行かなければ意味がないと思ったから。

「はあ」

昼休み、こころは進学クラスのある校舎へと繋がる渡り廊下で一人、ため息を吐いていた。この廊下を渡りさえすれば、吉田に会いに行くことができるのに、たった数メートルの渡り廊下がこんなにも長く険しく感じるなんて。

本当は、何度かここから吉田の姿を見かけることもあった。そのたびに声をかけようとするのだけれど、他の男子と一緒だったり、急いでいる様子だったりして声をかけるのをためらってしまった。

……ううん、違う。そんなの全部、勇気が出せない言い訳だ。お礼を言いたい、感謝していることを告げたいという気持ちよりも、臆病で弱虫な自分の心を守っているだけだ。

「どうにかして、吉田君に会えたらいいのに」

帰りの電車でなら会えるかもしれない。そう思って勇気を振り絞り電車通学に戻してみたけれど、あの日以来電車の中で吉田の姿を見かけることはなかった。

会いに行く勇気を出せばいいだけだと、嗤う人も呆れる人もいると思う。けれど、十年近く、男子と話すことを避けていたこころにとって、その勇気はとてつもなく大きなものだった。

「そういえば、三号線のホームにくる『奇跡の電車』って知ってる？」

そんな声が聞こえてきたのは、今日も話しかけに行くことができなかったと、肩を落としながら駅へと向かっている途中だった。少し前を歩く同じ学校の女子生徒が、楽しそうに話しているのが聞こえてきた。

「何それ、初めて聞いた」

「私もこの前、部活の先輩に教えてもらったんだけど、阪急電車にねそんな噂があるんだって。『午後三時三十三分に三号線ホームに入ってくる電車は奇跡の電車って言われていて、三号車に乗ると会いたい人に会える』とかなんとか」

「えー、何それ。ちょっと怖くない？　ほら、よくあるホラー的なさ。死んだ人に会えるけど、そのまま帰ってこられないみたいなやつじゃないの？」

興味津々とばかりに話す女子生徒とは違い、隣を歩く友人らしき女子は怪訝そうな声を上げていた。

「そんな感じじゃなくて、もっとロマンチックな話だよ！」

「絶対ホラーだって！　だいたい、洛西口駅って二号線までしかないじゃん。どうやって三号線に行くのよ」

「それは、まあ、そうなんだけどさ」

「そんなことよりもさ。今度、河原町に行かない？　行きたいお店があってさ」

話題が変わり、二人は駅とは違う方向へと歩いていく。こころはそんな二人の背中を見送りながら、一人歩いて洛西口駅へと向かう。

あの子たちの言う通り、準急と普通しか止まらない洛西口駅に三号線は存在しない。河原町方面に向かう一号線と、大阪梅田方面に向かう二号線の二線のみだ。だから、三号線ホームになんて行けるはずがない、のだけれど。

ポケットから取り出したスマホで時間を確認すると、午後三時二十五分。あの子たちの言っていた、三時三十三分まであと少しだ。

「別に、普通に電車には乗るから改札の中には入るしね。そのついでに三号線があるか確かめるぐらいなら変じゃないよね」

誰が聞いているわけでもないのに、つい言い訳めいた言葉を口にすると、こころは駅の中へと足を踏み入れる。

もしも、もしもその電車があれば、吉田に会えるのだろうか。そうしたらお礼を言えるかもしれない。それから――ちゃんと話すことができれば、この末（いま）だに名前を付けることができていない気持ちを受け入れることができるかもしれない。

そんな淡い期待を抱いて。

いつも通り、定期を取り出し改札の中へと入る。普段なら二号線のホームへと真っ直ぐ向かうのだけれど。

辺りをキョロキョロと見回すけれど、普段と何の変わりもない。もちろん三号線ホームへと向かう階段もない。当たり前だ。存在しないのだから。

「まあ。そうだよね」

ほんの少しだけでももしかしたら、と思ってしまった自分を笑いそうになるのを必死に堪（こら）えながら、こころはいつもと同じように二号線へと向かうための階段を上がっていく。

違和感を覚えたのは、階段の途中の踊り場でのことだった。

ふう、と立ち止まり顔を上げる。目の前にあるのは何の変哲もない階段だ。これを上りきれば、ホームにたどり着く。けれど。

「三号線ホームはこちら……？」

踊り場から見える看板にはそう書かれ、その下には左に曲がるようにという指示があった。本来この階段はまっすぐ伸びていて、左になんて曲がることはできない、はずだ。

なのに、今は踊り場から分岐した三号線へと向かう道ができている。そもそも、この踊り場はいったい何なんだろう。今までこの階段に、踊り場があったことなんてなかったのに。

『午後三時三十三分に三号線ホームに入ってくる電車は奇跡の電車って言われていて、三号車に乗ると会いたい人に会える』

先ほど聞いた話が、頭の中によみがえる。まさか、そんなことがあるわけない。

心臓が早鐘のようにうるさく鳴り響く。スマホの時計は、午後三時三十二分。あと一分だ。

「……嘘(うそ)。本当に、あった」

階段を上りきった先には二号線乗り場と同じ作りのホームがあった。違っていることがあるとすれば、そのホームには人がいないこと。そして、隣に並んでいるはずの一号線、二号線のホームはモヤのようなもので阻まれてきちんと見ることはできなかった。

震える手で、もう一度スマホを確認しようとポケットに手を入れた。

「あっ」

取り出そうとした拍子に、ポケットの中に入れておいた生徒手帳を落としてしまう。慌てて拾おうとしたそれを、誰かが手に取った。

拾ってくれてありがとう。そうこころが言うよりも早く、目の前の——男子生徒は拾った生徒手帳をパラパラと捲った。目までかかるほどの前髪を鬱陶しそうに掻き上げるその男子は、左耳にピアスを開けていた。

「なっ」

「ふーん」

冷たい声を出したかと思うと、男子生徒は開けた生徒手帳をこころに見せつけるかのようにして開いた。そこには、優芽からもらった吉田の写真が挟んであった。

「何、お前。大志のこと好きなの？」

吉田のことを大志と呼ぶその男子生徒に見覚えがあることに、こころはようやく気付く。その男子は、いつも吉田と一緒にいて楽しそうに話していた。間違ってもこんな、虫けらでも見るような冷たい視線ではなかった。

「なんで黙ってんの。大志のことが好きなのかって聞いてるんだけど」

「好き、というか……」

必死に声を絞り出そうとするこころの視線の端で、何かが動いた。

「……電車」

「は？　……マジかよ」

お互いに顔を見合わせ、それからもう一度電車に視線を向ける。そこには当たり前のように赤茶色の――阪急マルーンカラーの車体が止まっていた。

電車は、乗せる人のいないホームにしばらく停車し、それから発車のメロディとともに扉を閉め、再び跡形もなく走り去った。

あとに残されたのはただ呆けるように立ち止まったこころと男子生徒だけ。

本当に、三号線ホームに電車が来た。その事実に、まだついていけていないこころをよそに、男子生徒は我に返った様子で生徒手帳から写真を抜き取り、それから投げるようにしてこころに返した。吉田の写真が抜き取られた生徒手帳を。

「なっ」

写真をポケットに入れると、男子生徒はこころに背中を向けて、階段を下り始めた。

「ちょっと、待って！　それ、返して！」

こころの声など、聞こえていないと言うかのように。

写真は取られてしまうし、本当に存在した『奇跡の電車』には乗りそびれるし、何もいいことがない。

翌日、教室で机の上にうなだれるようにしていると、優芽が心配そうにこころへ声をかけた。

「どうかした？　大丈夫？」

「優芽……」

せっかくもらった写真を、知らない男子生徒に取られた。なんてとてもじゃないけれど言えない。

「うーん、ちょっとお腹痛くて」

「え？　大丈夫？」

「う、うん。少し大人しくしとけば落ち着くと思う」

つい誤魔化してしまったこころに「薬持ってるから、いつでも言って」と優芽は優しい言葉をかけてくれる。嘘を吐いたことが申し訳なくて、なんとか表情を整えると、こころは顔を上げた。

「大丈夫、心配かけてごめんね」

「ホントに？　保健室行かなくていいの？」

それでもまだ心配そうにする優芽に、こころはもう一度「大丈夫だよ」と頷いてみせると、話題を変えた。

「そういえば、ちょっと聞きたいことがあるんだけど。よく吉田君と一緒にいる男子の名前ってわかる？」

「吉田と一緒にいる？　んー、あっ、わかった。高橋悠斗だ」

「高橋悠斗くん？」

聞き覚えのない名前を復唱するこころに、優芽は頷いた。

「ピアス開けてて、髪をこれぐらいに切りそろえている鬱陶しい前髪をした……」

言葉の端々に棘があるような気がするけど、こころが見た男子生徒の特徴と同じように思い、小さく頷くと重ねて問いかけた。

「もしかして、その高橋君も中学が一緒とか？」

「そうそう。吉田とは小学校から一緒って聞いたことあるよ。幼馴染みらしくて、いつも一緒にいるんだよね。全く正反対な雰囲気なのに仲がいいし、男子って不思議だよね」

不思議、と言いながらもどこか釈然としない表情を浮かべる優芽に、こころは躊躇いがちに尋ねた。

「……優芽、高橋君となにかあったの？」

その問いかけに優芽は眉間に皺を寄せると、忌々しげに口を開く。

「別に何かあったわけじゃないけど、中三のときにあいつが急に開けたピアスのせいで、当時学級委員だった私まで一緒になって怒られてさ。せめて学校では付けるなって言ってるのに、絶対にやめないし」

その当時の苛立ちがよみがえってきたのか、優芽の眉間に刻まれた皺がどんどん深く険しくなっていく。

「高校も同じだけど、高橋は吉田と同じ進学クラスだから、もう迷惑をかけられることはないって思ってたのに、まさかこころの口からあいつの話が出てくるとは思わなかったよ」

こころとしても出したくて出したわけではない。どちらかと言うともう関わり合いにもなりたくないのだけれど、吉田の写真を取り上げられたままなことが気になっている。

高橋のことを教えてくれた優芽に礼を言うと、とにかく帰りにもう一度高橋に会わなければと小さく覚悟を決めた。

その日の放課後、昨日と同じ時間帯にこころは駅へと向かっていた。今日もいるという保証はないけれど、ここで待つのが一番早いと思ったから。

教室まで行くことも考えないわけではなかったけれど、他の男の子を訪ねていくところなんて吉田に見られたくなかったし、何より昨日の話や取り上げられた写真について吉田に知られたくなかった。

何よりも高橋を訪ねていけるなら、とっくに吉田のもとに行っている。

午後三時二十分。昨日より少しだけ早く駅に着いた。改札の外で待っていれば。高橋を見つけられるだろうか。それともすでに改札の中にいることを考えて、一度入ってみるべきか。

どうしようかと悩んでいるこころの耳に、聞き覚えのある声が聞こえた。

「おい」

「え？」

慌てて声のした方に視線を向けると、そこには高橋の姿があった。

「今日も三号線に行くのか？」

ツカツカとこころのもとに歩いてくると、高橋は口を開いた。どうしてそんなこと高橋に聞かれなければいけないのか。ムッとしながらも、嘘を吐くのも嫌でこころは黙ったまま首を振った。

昨日は本当に電車が来ると思わなかったから、勢い任せであの場所に向かうことができた。でも、本当に電車がやってくるとわかった今となってはどうしてもためらいが勝ってしまう。

「あっそ、その程度の気持ちだったってことだな」

けれど、こころの態度に高橋は舌打ちをすると、吐き捨てるように言った。

「なっ」

「あそこに行くぐらい、大志のことが好きなのかと思ったけど、勘違いだったわ」

高橋はこころに背を向けると、改札の向こうへと姿を消した。

「あ、写真！」

気付いたときには、高橋の姿はどこにもなかった。写真を返してもらいたかったはずなのに、高橋の言葉に言い負かされて、結局自分の言いたかったことを一つも伝えることができなかった。

今追いかければ、まだホームで捕まえられるかもしれない。でも――。

『あそこに行くぐらい、大志のことが好きなのかと思ったけど、勘違いだったわ』

高橋の言葉がよみがえる。自分の気持ちがわからないままでは、きっと高橋に何を言っても届かない。

自分の気持ちから逃げていないで、きちんと向き合うときが来たのかもしれない。

改札の前で高橋と話をしてから数日が経った。こころはあの日と同じく、三時二十分頃に駅へと向かう。高橋に会うために。

改札前に一人立っていると、見覚えのある姿がやってきた。

ゴクリと、唾を飲み込む音がやけに大きく聞こえる。自分から男子に声をかけるなんて、いったいいつぶりだろう。しかもその相手が、よりによって高橋だなんて。

「高橋君」

少し上擦ったような声で、こころは高橋の名前を呼んだ。こころの声に、高橋はこちらを一瞥し――それから、顔を背け改札の中へと向かう。

「え、ま、待って」

まさか露骨に無視をされるなんて思っていなくて、こころは慌てて高橋を追いかけるようにして改札の中へと入っていく。

「高橋君ってば」

聞こえているはずなのに、高橋はこころの声を無視すると、二号線のホームへと続く階段を上っていく。ううん、違う。これは――三号線のホームに向かうつもりだ。

そういえばあの日、高橋も三号線のホームに来ていた。つまり、誰か会いたい人がいるということだ。

初めて会った日と同じように、二人で三号線のホームに立つ。

「……誰か、会いたい人がいるの？」

ホームの真ん中で、真っ直ぐに線路を見つめる高橋に、こころは思わず尋ねてしまっていた。

「別に、あんたに関係ないだろ」

「それは、そうなんだけど」

高橋の隣に並んで線路を眺める。遠くから、電車のライトが見えた。

「私は、いるよ」

この数日の間、きちんと自分自身に向き合って出した答え。

「私は、吉田君に会いたい」

「……っ」

こころの言葉に、高橋は苛立ちを隠しきれないような、それでいて泣きそうな表情を浮かべて睨みつけてきた。

その視線の鋭さに、思わず後ずさってしまう。

高橋はこころから視線を逸らすことなく、口を開いた。

「そんなの……奇跡の電車に願わなくても、会いに行けばいいじゃないか！」

そう言った高橋の言葉があまりにも辛くて苦しそうで、こころは何も言い返すことができなかった。そんなこころに舌打ちをすると、高橋は走り去るようにしてホームをあとにした。

結局その日も、こころは奇跡の電車に乗ることなく帰ってきた。高橋の言葉を聞いたあとで、自分一人乗るのは違う気がして。

自宅のベッドに寝転がりながら、考える。高橋はどうしてあんなふうに言ったのだろう。高橋の会いたい人は誰なのだろう。どうしてこころに対して、冷たくキツイ態度を取るのだろう。

でも、どの答えもこころに出すことはできない。きちんと高橋と向き合わなければ、答えにたどり着くことはできない。

こんなふうに人と向き合いたいと思ったのは、初めてかもしれない。誰かのことを知りたいと、わかりたいと感じたのは、男子の中ではきっと、高橋が初めてだ。

「ふ、ふふ。おかしいの」

思わず笑いがこみ上げる。ようやく認めることができた好きな人である吉田ではなく、高橋について知りたいと思うだなんて、きっと周りから見たら変だと思う。

でも、知りたいと思うのだからしょうがない。

翌日の放課後、こころは渡り廊下を渡って、向こうの校舎へと向かった。吉田ではなく、高橋に会うために。

あんなにも緊張して遠い場所のように感じていた渡り廊下の向こう側は、歩いて行ってみればこころたちの教室がある校舎と何の変わりもなくて、同じように下校しようとしたり部活に向かったりする生徒で溢れていた。

そしてそれは、教室も同じだった。

教室の入り口から中を覗き込むと、談笑していたり帰る準備をしていたりする生徒の姿が見える。そしてその中には、吉田と――高橋の姿もあった。

「あのっ」

近くにいた女子生徒に声をかける。その子は不思議そうな顔をしながら、こころのもとにやってきた。

「どうかした？」

「えっと、その」

高橋を呼んでほしい。そう伝えるだけなのに、まごつく自分が情けなかった。困ったような表情を浮かべる女子生徒の視線から逃げるように俯(うつむ)いてしまう。

「あの、だから」

それでもどうにか伝えようとしたこころの耳に、聞こえてきたのは。

「……何、やってんの」

高橋の呆(あき)れたような声だった。

「あ……」

「こいつ、俺の知り合いだから」

「そっか、高橋君のこと呼びたかったんだね」

よかった、と女子生徒はホッとしたような声で言うと、教室へと戻っていく。

「で？」

「え？」

「え？　じゃなくて。大志のこと呼ぶんだろ？」

当たり前とばかりに言う高橋に、こころは首を振った。

「は？　違うの？　じゃあ、何。俺のこと探しに来たの？　って、んなわけ――」

「そう、だよ」

自分自身の手をギュッと握りしめると、こころは顔を上げた。真っ直ぐに高橋を見据えると、震えそうになるのを必死に堪えて口を開いた。

「高橋君と話がしたくて、ここまで来たの。今、時間いいかな？」

そう言った瞬間、高橋が面食らったような表情を浮かべていて、そんな場合じゃないのに思わず笑ってしまいそうになった。

帰る準備してくる、と言う高橋を、こころは昇降口の前で待っていた。教室の前で待っているには注目を浴びすぎていたから。

高橋が姿を見せたのは、それから十分ほど経ってからだった。

「悪い、待たせた」

「ううん、大丈夫だけど何かあったの？」

隣を歩きながら尋ねたこころに、高橋は露骨に顔をしかめるとため息を吐いた。

「誰のせいだと思ってんだよ。あんなふうに尋ねてこられたら、周りがどう思うかぐらい想像つくだろ」

「え？」

まるでこころのせいだと言いたげな高橋の言葉に、思わず首を傾げた。

「あー、もういいわ。それで？　話ってなに？　まさか告白じゃないだろ？」

「告白、ではないけど。でも、似てるかも」

「は？」

眉をひそめ、迷惑そうな声を出す高橋に思わず笑ってしまう。そんなこころの態度に、からかわれたと思ったのか、高橋はこころを置いてスタスタと一人歩いていこうとする。

「待ってよ」

「付き合ってられねえ。俺は帰る」

「ホントに話がしたくて呼びに行ったの。じゃなきゃ、わざわざそっちの校舎まで行かないよ」

ようやく立ち止まった高橋のもとへと小走りで向かう。

日差しが照りつけ、こころの頰（ほお）を汗が伝い落ちる。京都の夏は暑いと言われるけれど、これが毎年のことだから違いがよくわからない。ただ纏（まと）わり付（つ）くような暑さは、いつまで経っても慣れることはなかった。

「それで？　聞きたいことって？」

諦めたように駅前のロータリーに設置された柵にもたれかかると、高橋はこころに尋ねた。こころは高橋を真似（まね）るように隣に並ぶ。熱された柵から、じんわりとしたぬくもりが伝わってくる。

「あのね。高橋君、私に言ったでしょ。『奇跡の電車に願わなくても、会いに行けばいい』って」

「……言ったね」

「あの言葉が、私にはどうしてか凄(すご)く辛そうに聞こえたの。……まるで、そうできない自分を責めているみたいに」

何も言わない高橋の隣で、こころは話を続けた。

「最初はね、高橋君が会いたい人が、もう会えない人だから、会いに行けば会える私は自分の力で会いに行けよって、そう言われてるんだと思ってた。でも、何回も思い出しているうちに私にはあの言葉が、高橋君が自分自身に言っているように思えたの」

高橋は黙ったままだ。けれどその沈黙が、逆にこころの言葉を肯定しているようにも思えた。

「ただ、これは全部私の勝手な想像であって、真実じゃない。だから高橋君の口から、本当のことが聞きたいって、そう思って今日高橋君のことを呼び出したの」

「俺の、ことを？　吉田のことじゃなくて？」

高橋は怪訝(けげん)そうに言う。それもそうだろう。片思いをしている相手ではなくて、こころから写真を取り上げたり、嫌な態度を取ったりした高橋のことを知りたいと言っているのだから。

「吉田君のことは、その、好きだとは思うし、お話もしてみたいって思う。なにより、助けてくれたことについてお礼が言いたい。でも、なんだろ。恋愛の好き、とかじゃなくて人として、一人の人間として、今は高橋君のことが、高橋君が何を考えているかが知りたいってそう思ってる。……変、かな？」

言いながらだんだん不安になってきたこころは、思わず高橋に尋ねてしまう。そんなこころを、高橋は――。

「ふはっ。あんた、ホント変だよ」

思いっきり笑い飛ばした。

「え、えええ!?　そ、そこは『大丈夫だよ』とか『変じゃないよ』って言うところじゃないの？」

「俺がそんなこと言うと思うか？　あんたに対して」

「それ、は……思わない、けど」

「だろ？」

目尻に涙を溜めるほど笑ったあと、高橋は「はー……」と息を吐き出して、それから空を見上げた。吸い込まれるような青が一面に広がっている。

「……別に、俺自身に向かって言ったとか、そんな格好つけたことじゃなくて、ただあんたのことが羨ましくて、妬ましかっただけなんだと思う」

「私が、羨ましい？」

そんなことを言われるなんて思っていなくて、思わず動揺して手に持っていたカバンを地面に落としそうになった。慌てて両手で持ち直すと、高橋は「何やってんだよ」と小さく笑った。

「まあ、だからあれはただの嫉妬。悪かったな」

「ど、どうして私に嫉妬なんて……」

反射的に尋ねてしまったことを、すぐに後悔した。それほどまでに高橋の表情は真剣で、苦しそうだったから。

「言いたくなければ、言わなくても……」

「いや……。ちゃんと俺の話を聞きたいって思って、教室まで来てくれたんだろ？　なら俺も、今までの態度の訳をちゃんと話すよ」

高橋は、スラックスのポケットに手を突っ込むと、中から生徒手帳を取り出し、こころに差し出した。

「これは……」

「開いてみて」

言われるがままに、受け取った高橋の生徒手帳を開く。そこには、こころが取り上げられた吉田の写った写真があった。

「この写真って……」

「それ、俺の」

「え？」

「こっちがあんたの」

カバンの中から取り出したクリアファイルに、丁寧に挟まれた全く同じ写真。クリアファイルに入っているのがこころのものだとしたら、生徒手帳に挟まれたこれはいったい誰のなのか。

だって、こんなのまるで、好きな人の写真を挟んでいるみたいな——。

「まさ、か」

思わず声が漏れた。そんなこころの言葉に、高橋は苦しげに笑った。

「気持ち悪いって思う？」

「そんなこと……！」

「いいよ、別に。そう思うのが普通だと思うし」

寂しそうに微笑むと、高橋は天を仰ぐように空を見上げた。

「俺はどんなに近くにいても気持ちを伝えることなんてできない。好きだってバレた瞬間に、今まで築き上げてきた関係が崩れたりとか、周りの俺を見る目が変わったりすることが怖かった。それ以上に、大志に気持ち悪いって思われるのが、何よりも怖くて苦しかった」

「高橋君……」

ずっと溜め込んできた思いが溢れ出るかのように、高橋は心の内を吐き出し続ける。

「あんたはいいじゃん。好きだって勇気さえ出せば伝えられるんだから。変に思われることも笑われることもないんだから」

「そんな……！　人を好きになることに変なことなんてないよ！　笑ったりされることだって……」

「綺麗事言うなよ！」

高橋は声を荒らげたかと思うと、真っ直ぐにこころの目を見据えた。

「『お前、あいつのこと好きなの？　キモチワル』って言われて『んなわけねえじゃん。変なこと言うなよ』って笑い飛ばさなきゃいけない気持ちわかるか!?　わかんねえだろ！」

一気に叫ぶように言った高橋は、苦しそうに自分の身体を抱きしめると、泣きそうな顔で声を震わせる。

「何の障害もないやつが、何で奇跡に頼ろうとするんだよって。そう思ったらむかついて、気付いたら写真を取り上げてしまってた。……ごめん。本当に悪かった」

クリアファイルから取り出した写真を、高橋はこころに手渡した。その手が、小さく震えているのがわかって、こころには咎めることも責めることもできなかった。

「……あんたさ、ちゃんと大志に告白しなよ」

高橋はポツリとそう呟いた。

「そりゃ不安だとか怖いとかあるんだろうけど、少なくともあいつは好きだって気持ちを伝えられて、馬鹿にするような奴じゃないよ。きちんと向き合ってくれる、誠実な奴だよ。……親友である俺が保証する」

泣きそうな顔で笑う高橋に、胸が苦しくなる。

そんな高橋に、こころは――

「……でも、知らない人から急に好きだって言われたら気持ち悪いって思うかも」

「そんなことないって。あいつはそんな奴じゃない」

「好きでもない人から告白されたら迷惑じゃないかな」

「迷惑なんかじゃないって」

「でも……」

「でもでも言ってできない理由ばっか考えてないで！　好きならちゃんと気持ち伝えろよ！」

苛立ったように高橋は言う。そんな高橋に、こころは小さく笑った。

「その言葉、そっくりそのまま高橋君に贈るよ」

「え……」

「好きでもない人から告白されても迷惑だとか、気持ち悪いだとかそんなこと思わない優しい人なんだよね」

「それ、は」

自分が言った以上否定することもできず、高橋は言葉に詰まる。

「けど、俺はお前とは違って……」

「できない理由を並べるんじゃなくて、好きなら気持ちを伝えろよ、だっけ？」

「ぐっ……」

「自分で言ったことに責任は持ってよね」

恨みがましそうな目で、しばらくこころのことを見ていたけれど、降参というように両手を挙げると高橋は笑った。

「あんたの言う通りだな」

肩をすくめると、高橋は呆れたように言った。

「あんた、いい性格してんね」

「そう、かな」

「そうだよ。今だって、ポンポン言ってくるじゃん。俺こんな見た目してるから、女子からはわりと敬遠されてんのにさ」

「ポンポン……？　そんなこと……」

高橋の言葉に、こころは動揺が隠せない。けれど、そんなこころをよそに、高橋は話を続ける。

「そんなことないとは言わさないからな？」

「違うの、だって私、男子と話すのが苦手で」

「は？」

信じられないとばかりに高橋は言う。けれどたしかにこころは男子が苦手で、この十年まともに話したのなんて、高橋が初めてだった。

「……俺のことが男子に見えないってこと？　大志のことが好きだから？」

「そうじゃなくて……！」

「──って、違うか。だって、あんた。俺が大志のことを好きだって知る前から、なんだかんだ言ってたもんな」

一人納得するように頷く（うなずく）と、高橋は余計にわけがわからなくなったと言うかのように首を傾げる（かしげる）。けれど、こころにもどうしてかなんてわからない。けれど、高橋にはどうしてか自然と向き合うことができた。真っ直ぐに言葉を伝えたいと思った。それはもしかしたら。

「私たちが、似てる気がしたから、かも」

「は？　俺たちが？　共通点なんて大志のことを好きだってことぐらいしかないだろ」

「そ、そうじゃなくて。なんか……自分を守るために、傷口から目を背けて、逃げ続けているところが似てるなって……。で、でも勝手に私が思っただけだから、間違ってたらごめんなさい！」

何を偉そうに語っているんだと、慌てて頭を下げる。けれど、高橋はこころの言葉を静かに復唱した。

「傷口から目を背けて……」

何かを飲み下そうとするように高橋は言うと、こころに視線を向けて続きを促した。ほんの少しだけためらいつつも、こころは口を開く。自分の想いを伝えるために。

「心の傷口ってさ、かさぶたになったと思ってもすぐに剥がれてグジュグジュになって、また血が滲んで……。ずっと治りきることなく、そこにあり続けてて。傷口が開くたびに、苦しかったこととか辛かったことを思い出しちゃったり……。他の人にとってはすぐに気にならなくなる傷や、自分でちゃんと治療できるのかもしれない。でも、私たちはきっとそれができない人種なんだよ」

思っていることを言葉にするのは難しい。どれほど言葉を重ねても、自分の考えていることが全部伝わるなんてことはないのかもしれない。それでも、伝えなければ伝わらない。

「別に、俺は傷口なんて」

「ないって、言い切れる？」

先ほどの言葉が、ただ口をついて出ただけのものとはどうしても思えなかった。誰かに言われて、傷付いて、傷口から必死に目を逸らし続けた、高橋の心の叫びに聞こえて仕方なかった。

こころの問いかけに、高橋は顔を背けるとポツリと呟いた。

「じゃあ、どうしたらいいんだよ」

そう言った高橋の声は、どこか不安そうで、まるで迷子になった子どものようだった。こころは小さく息を吸うと、真っ直ぐに高橋を見つめた。

「私はちゃんと向き合いたいと思ってる、逃げてた自分から。それで、一歩踏み出したい」

言いながら、本当にできるのか不安だった。怖くて逃げたくて仕方がなかった。でも。

「高橋君となら、できると思うんだ」

何を無責任なことを、と思われても仕方がないと思う。けれど、それでもこころはそう思ってしまった。一人ならできないことでも、高橋と二人なら、頑張れる気がする、と。

こころの言葉に、高橋はためらうように視線を左右に逸らし、それから小さく頷(うなず)いた。


「——それで？」

近くのベンチに並んで座ると、駅中のコンビニで買ったペットボトルを片手に高橋はこころに問いかけた。

「え？」

「え？　じゃなくて。男子が苦手なの、直したいんだろ？」

「苦手っていうか……」

口ごもるこころを、高橋は真っ直ぐに見つめる。重い気持ちを吐き出すように息を吐くと、手に持ったペットボトルをギュッと握りしめた。

「小さい頃の話なんだけど」

こころは小学生の頃の話をゆっくりと話す。嫌だったこと、怖かったこと、全部。

「――それから、男子のことが苦手なの」

話し終えた頃には、手の中のペットボトルが汗をかき、膝にいくつも水滴が落ちていた。

高橋がどんな顔をしているのか、見るのが怖い。

だから、つい誤魔化(ごまか)すように笑ってしまった。

「って、笑っちゃうよね」

「え?」

「小学生の頃のこと、いつまで引きずってるんだってね。ホント馬鹿みたいで」

自虐的に笑うことで予防線を張って、傷付くことから逃げようとしている、そんな自分が嫌になる。けれど口をついて出る言葉は止まらなかった。

「ホント、私って……」

「笑ったりしない」

「高橋君……?」

俯(うつむ)いたまま、膝の上で組んだ自身の指を高橋は見つめていた。こちらを見ることなく、高橋は話し続けた。

「辛かったこととか、悲しかったことを、自分自身でそんなふうに言うなよ。その気持ちは大好きとか嬉(うれ)しいとか、そういうのと同じぐらい、大事にしてあげた方がいいって俺は思うよ」

そんなふうに言われたのは初めてだった。忘れることもできないまま、ずっと抱え込んでいる傷から目を背け続けてきた。それは弱さだと思っていたし、恥ずべきことだと思い込んでいた。

でも高橋はそうじゃないと言う。そんな自分の傷も大事にしていいんだと言ってくれる。

「弱いままでも、いいんだ……」

「というか、あんたは弱くなんかないと思うけど」

ペットボトルのキャップを開け、半分ほど一気に飲み干すと、高橋は言葉を続けた。

「写真を取り返そうと、俺に話しかけてきただろ」

「それは……高橋君だから……」

「あのときは俺のことなんて何も知らなかっただろ？」

そう言われると確かにそうだ。ただ無我夢中だっただけ、こころはそう思ったけれど、高橋は違うようだった。

「あんたのことを傷つけて辛い思いをさせたのはたった一人で、それ以外の奴があんたに何かしたか？」

「して、ない」

「だよな。……きっとホントはちゃんとわかってるんだよ。あんたにとっての敵は男子じゃなくて、そいつだってことを。でも心を守るために、全部の男子が敵だって思い込むしかなかったんだ。そうしないと、心が死んでしまいそうだったから」

そうだったのかもしれない。そうじゃなかったのかもしれない。でも、今のこころに高橋の言葉はストンと胸の奥に落ちた気がした。

深呼吸をして、ゆっくりと辺りを見回す。友達と歩いている中学生男子、彼女の隣で照れくさそうに笑う同じぐらいの年の男子。楽しそうに笑い合う男の子たち。

あの中に、こころの敵はいない。

「そ……っか」

誰も彼も一緒くたにしていたけれど、周りを見渡せばそこにはこころと関係なく、けれどこころと同じように日々を生きている人しかいない。

悪意を持ってこころに接するどころか、こころに興味も関心もない。

あのとき意地悪なことをした男子のことは、きっとずっと許せないと思う。けれど彼とそれ以外の男子が違うことを、ようやく受け入れることができた気がした。

高橋と話をしてから数日が経ったある日、こころは高橋と二人で駅の改札前にいた。時計の針は三時二十五分を指していた。あと八分ほどで、奇跡の電車がやってくる。

二人で乗って、二人で想いを告げよう。それがこころと高橋の出した結論だった。

こころは隣に立つ高橋の姿をそっと盗み見ると、昨日の放課後のことを思い出していた。

――放課後、こころと高橋は渡り廊下の壁にもたれかかり並んで立っていた。最近は、毎日のようにこの場所で話をしている。話題は吉田のことだけではなくて、日常の些細なこと。それから「授業中に意見交換ができた」とか「今日は男子に挨拶ができた」なんていう、その日頑張れたことも報告していた。

「俺、さ。明日、大志に告白しようと思ってる」

「え……」

唐突な高橋の言葉に、思わず言葉に詰まりそうになるのを必死に堪えると、こころは笑みを浮かべた。

「そっか。覚悟、決めたんだ」

「ああ。……まあ、でも呼び出して、とかはやっぱり怖いから、奇跡の電車に頼ろうと思ってるんだけどな」

「それでも、告白しようって思えたことが凄いと思う」

結局、変われたのは高橋だけだった。こころは何一つ変わることも、前に進むこともできなかった。

「高橋君は、凄いなぁ」

ポツリと呟いたこころに、高橋は真剣な表情を向ける。

「そのときに、さ。あんたも一緒に告白するのはどうだ？」

「え……、私も一緒に？」

冗談ではないことは、高橋の顔を見ればわかる。けれど、一緒になんて、そんな。

「あんた言ったよな。俺となら頑張れるって。なら、一緒に頑張ろうぜ」

「一緒に……。でも……」

「勇気、出すんだろ？」

真っ直ぐ見つめる高橋の視線には、こころへの信頼が込められているような気がした。この信頼を、裏切ってはいけない。

「……そう、だね。うん、私も頑張る」

こころの答えに高橋はニッと笑った。そして、何かを思い付いたかのように口角を上げた。

「そうだ、俺さ友達は――」

「――凄い顔してるぞ、こころ」

「悠斗だって」

声をかけられて我に返る。隣を見ると青い顔をして立つ悠斗の姿があった。きっと自分も同じような顔色をしているのだろうと思いながら、こころは笑いかける。

呼び慣れない呼び方がまだ少しくすぐったい。そんなことを考えていると、隣に立つ悠斗もよくわからない表情を浮かべていた。

「なに？」

「や、名前。呼び慣れないなって思って」

「悠斗がそれを言う？　自分が言ったんでしょ。『友達は名前で呼びたいんだ』って」

「いや、まあそうなんだけどさ」

言われたときは少し戸惑ったけれど、『友達』だと思ってくれることが純粋に嬉しかった。この告白の結果がどうであれ、自分たちの関係がこれで終わるわけではないのだと言ってくれている気がして。

「……もうすぐ、時間だね」

スマホを見ると、三時三十分と表示されていた。あと三分で奇跡の電車がやってくる。

「だな。……じゃあ、行くか」

顔を見合わせ頷(うなず)き合うと、こころと悠斗は一歩踏み出した――はずだった。

「え……」

「嘘(うそ)……」

視線の先にある光景に、思わず足を止め声が漏れる。

「――彼女、かな」

「………」

そこには、改札の中にいる女の子へと駆け寄っていく吉田の姿があった。笑顔を浮かべたまま改札を通り抜け、女の子の手を取った。

「彼女、いたんだね。そっか……。頑張ろうと思ったのに、それすらできなかったな」

「………」

「悠斗？」

泣きそうになるのを堪えながら、自嘲気味に笑うこころの隣で、悠斗は真っ直ぐに二人の姿を見つめていた。そして。

「大志！」

「え？　悠斗？」

周りの人が振り返るほどの声で、悠斗は吉田を呼び止めた。驚いたように振り返った吉田は、彼女らしき女の子に「ちょっと待ってて」と言うと、悠斗のもとへとやってくる。

「どうしたんだよ、何か用か？」

「……あれ、彼女？」

吉田の質問に答えることなく、悠斗は問いかける。吉田はそんな悠斗の態度を咎めることなく「まあ、一応」と照れくさそうに笑いながら言った。

「昨日、付き合い始めたんだ。もうちょっと続いたら悠斗にも紹介しようかと思ってたんだけど、まさかこんなところで見られるなんて思わなかったよ」

こんなところで、と言っているけれど、学校の最寄り駅で待ち合わせをすれば誰かに見られることなんてわかりそうなものなのに。

同じことを悠斗も思ったようで「馬鹿だろ」と小声で呟いていた。

「それで？　っていうか、あれ？　もしかして悠斗もデート？」

隣に立つこころへ視線を向けて、嬉しそうに尋ねる。一瞬、悠斗の顔が歪められたのにこころは気付いた。

「そ……」

「違うんです！」

だからこころは、悠斗が何か言おうとするよりも先に口を開いた。

「私、前に吉田君に助けてもらったことがあって」

「俺に？」

首を傾げると、吉田はこころの顔をマジマジと見る。けれど、どうしても思い出せないようで両手を顔の前で合わせた。

「ごめん、覚えてなくて申し訳ない」

「あ……」

仕方がないと思いつつ、助けてくれたことに対して特別に思っていたのは自分だけなのだと思うと、胸の奥が痛んだ。

「でも！」

「え？」

「思い出せるかもだからヒントちょうだい！」

悪びれずに言う吉田に、思わず笑ってしまいそうになる。

「えっと、電車の中で……」

痴漢に遭って、とはどうしても言えなかった。けれど。

「あ、わかった。あのときの！」

どうやら思い出してくれたようで、吉田はパッと顔を輝かせ、それから慌てて心配そうな表情を浮かべた。

「あのあと大丈夫だった？　犯人に逃げられて、電車に戻ろうとしたら扉も閉まっちゃってさ。心配してたんだ」

「あ……はい。吉田君のおかげで……。あのときは、本当にありがとうございました」

「全然。結局、俺は何もできなかったから気にしないで」

頭を下げるこころに、吉田は優しく声をかけて、それから何かに気付いたように目を見開いた。

「え、っていうかもしかして、お礼を言うために俺のこと待っててくれたの？　悠斗と一緒に？　マジか、わざわざありがと」

申し訳なさそうな表情を浮かべながらも、優しく微笑む吉田にこころは胸の奥がギュッとなるのを感じる。

隣に立つ悠斗は、相変わらず顔を背けたままだ。それなら――。

「あ、あのね。吉田君」

勇気を出したい。

「もう一つ、話があって」

変わりたい。

「私……」

自分のために。そして、一緒に頑張るって決めた、悠斗のためにも。

「助けてもらったあの日から、吉田君のことが好きです」

「え……」

「彼女がいるって知らなくて。吉田君のことを好きになりました。その、今は彼女がいること知ってるけど、でもそれでも好きだって気持ち、知っててほしくて」

何を望むわけでもない。ただ、この気持ちを伝えたかった。あなたのおかげで変わりたいと思えたのだと。臆病で、逃げ続けていた自分にさよならすることができたのだと。

「そっか。……うん、ありがとう。でも、ごめん。好きな子がいるから、その気持ちを受け止めることはできません」

「うん、わかってた。……気持ち、聞いてくれて、ありがとう」

「こちらこそ、好きになってくれてありがとう」

こころにそう告げると、吉田は悠斗の方を向いた。

「悠斗も、ありがとな」

「……何が」

「彼女のこと。俺に繋いでくれたんだろ？　悪かったな」

「……彼女じゃなくて、櫻井こころ、な。自分のこと好きだって言ってくれた子の名前ぐらい、覚えろよ」

「……そうだな」

苦笑いを浮かべ、それから「ごめんな、櫻井さん」とこころに向かって謝ってくれる。

ぶんぶんと首を振りながらも、少しだけ胸の奥が痛んだ。フラれる前に、こうやって名前を呼んでもらいたかった。「ごめん」じゃなくて、もっと違う形で話がしたかった。

でも、知っている。全部こころが勇気を出せなかったせいだってことを。好きだって伝えるよりも先に、少しでも吉田と仲良くなっていれば、同じフラれるのでも、もっと違う言葉がもらえたかもしれない。

「あの……！」

「え？」

最後の勇気を、こころは出す。

「もしまた見かけたら、声、かけてもいいですか？」

迷惑かもしれない。フラれたくせに何を言ってるんだと思われるかもしれない。でも、それでももう吉田のことで一つも後悔はしたくなかった。

「……もちろん」

吉田は少し考えるように黙ったあと、優しく笑ってくれた。ただし。

「友達としてなら、いつでも歓迎するよ」

好き、の気持ちを受け取れないことに対して、釘（くぎ）を刺して。

でも、それでよかった。

「はい！」

こころは頷くと、精一杯の笑みを浮かべた。

随分と待たせてしまったからか、少し離れたところから吉田の彼女がこちらを窺うようにして見ていた。そろそろタイムアップかもしれない。

こころは隣に立つ悠斗を見る。このまま何も言わなくていいのかと。けれど、こころの視線に気付いているはずなのに、悠斗はその場に立ち尽くすだけだった。

吉田は後ろにいる彼女へと視線を向けると、こころたちに微笑みかけた。

「じゃあ、俺そろそろ行くね。ホントありがと」

「あ……」

このままじゃ、吉田が行ってしまう。背中を向けて歩き出す吉田に、こころはその場から動こうとしない悠斗の腕を掴んだ。

「悠斗！　本当にこのままでいいの!?」

「……別に、もういいよ。彼女、いるし」

「彼女がいたらなんなの！　彼女がいたら、悠斗が吉田君を好きだって気持ちは消えちゃうの!?」

「そ、れは……。でも、好きだって言ったって困らせるだけだし……」

好きな人に彼女がいてショックを受ける気持ちはこころにもわかる。ううん、こころよりずっと前から吉田のことを思ってきた悠斗は、こころよりももっともっとショックを受けているのだと思う。

でも、今の悠斗は吉田のためだと言いつつ、怖(お)じ気(け)づいて自分の気持ちを伝えることから逃げているだけだ。

「……でも、私は伝えたよ」

「こころ……」

「怖かったし、迷惑かもって思ったけど、それでも伝えたよ。だって、私の正直な気持ちを、吉田君に知っていてほしかったから。悠斗も、そうじゃないの？」

「俺、は……」

少し考えるように黙り込んだあと、悠斗は顔を上げた。

「大志！」

吉田の名前を呼ぶと、悠斗は手に持った定期で改札の中に入ると、吉田に向かって駆け出した。自分の気持ちを届けるために。

「結局、二人ともフラれちゃったね」

「……だな」

午後三時五十分。こころと悠斗は、次に来る電車を待つために、ホームのベンチに並んで座っていた。吉田と彼女はこのあと河原町でデートをするらしく、少し前に京都河原町行きの電車へと乗り込んだ。それをこころたちは、向かいのホームである二号線から見つめていた。

「奇跡の電車も、もう行っちゃったし」

「結局、あの電車で会いたい人に会えるのかはわからないままだな」

「そうだね」

ホームまでは向かったものの、二人とも奇跡の電車に乗ることはなかった。そしてきっと、これからも。

合いたい人には奇跡を待つんじゃなくて、自分で会いに行く。そう心に決めたから。

こころは隣に座る悠斗へと視線を向ける。

噂通り、奇跡の電車の中で会いたい人に会えるのかは、こころにはわからない。でも、あの電車がやってきたホームで、親友となる人と出会うことができた。

「何？」

こころの視線に気付いたのか、悠斗は不思議そうにこころを見る。

「ううん、なんでもない」

そんな悠斗の問いかけをはぐらかすと、こころは顔を上げた。

雲一つない、澄み渡った青空。好きだった人にフラれたはずなのに、こんなにも心が晴れ晴れとしているのはきっと——かけがえのない唯一無二の友人がそばにいてくれるから。

それはもしかしたら、奇跡の電車が紡いだ、奇跡のような出会いなのかもしれない。

三号線

もう一度ここからはじめよう

九月と言っても、まだまだ茹だるような暑さが残る日々の中、数日前に新学期を迎えた県立西中学校、その三年二組の教室で佐々木あいりは頬を伝い落ちる汗をそっと拭った。エアコンはかかっているけれど、温度設定のせいか、それとも場所が悪いのか全く涼しく感じない。

時計を見上げると、あと五分ほどで授業が終わる。移動教室だったクラスが教室へ戻っているのか、廊下がにわかに騒がしくなった。

何の気なしにそちらへと視線を向ける。すると、タイミングよくこちらを見た人物と目が合った。

「……っ」

——その瞬間、お互いまるで示し合わせたように目を逸らす。

別に悪いことをしたわけでもないのに、心臓がバクバクと音を立てる。机の上に開いた教科書の上で指をギュッと握りしめた。

廊下にいたのは、五組の篠原円香。あいりが中学に入学してすぐ仲良くなった親友の——ううん、親友だった女子だった。

佐々木と篠原。出席番号でも前後で、身長もほとんど同じだったから、教室でも体育のときもいつだって前後左右どこかに円香がいた。そのおかげで、中学に入学して二日目にはもう仲良くなっていた。

推しのアイドルグループも一緒、好きな漫画も一緒。わさびが食べられなくて、ハンバーグが好きなところも一緒。唯一違ったことといえば、勉強熱心なあいりに対して、円香は陸上に全てを注ぎ込んでいたことぐらいだ。

二人でいると楽しくて、何時間でも笑っていられて、気が付けば親友と呼べるほどの関係になり、中学一年の大半をあいりは円香と過ごした。

二年になってもそれは変わらず、あいりは塾、円香は部活が忙しくなる中でも、毎日を楽しく過ごしていた。

「あーあ、もうすぐ中間テストかー」

「憂鬱だよね」

二年も後半に差し掛かった頃、中間テストの日程が発表された。普段は、授業が終わるなり部活に行ってしまう円香だったけれど、テスト前は部活が休みになる。そのため、塾の時間まで教室で自習をして時間を潰していたあいりの隣で、机に突っ伏すようにして口を尖（とが）らせていた。

「この間も夏休み明けでテストしたところなのに、なんでまたテストなんてあるの」

「夏休み明けに習ったところだけとはいえ、面倒だね」

「だよね。はー、中間テストがなければ部活できたのになー」

窓の方に顔を向け、切なそうに円香は言う。視線の先にはきっと、いつも自分が走っているコースが見えているに違いない。

「まあでも中間だから二日間だけだし、期末よりはマシだと思ってさ」

「それはそうなんだけどさー」

わざとらしくため息を吐くと、円香は話を続ける。

「勉強なんかより、今は部活を頑張りたいときだからさ」

円香の言った『勉強なんか』という言葉に引っかかりを覚えたものの、あいりは笑みを浮かべてどうにか頷いた。円香はあいりのぎこちない笑みには気付かない。

「まあでも、部活ばっかりじゃなくて勉強も頑張らなきゃでしょ」

「あいりは勉強が好きだから、きっと私の気持ちなんかわかんないよ」

「別に、そんな……」

口ごもるあいりに、円香は慌てたように顔の前で手を振った。

「あ、勘違いしないでね？　別に嫌みとかそんなんじゃないよ？　ただ私にはあいりみたいになるのは無理だなって思っただけで」

その言葉がフォローのつもりなのはわかっていた。悪意があって誰かを傷つけるようなことを言う子ではない。ただ純粋に思ったことを話しているだけだと。そしてその言葉にあいりが勝手に傷付いているだけだと。

だから、あいりは「大丈夫だよ」と微笑んでみせる。そんなあいりの態度に安心したのか、円香は話を続けた。

「そういえばさ、今日の授業中にさ先生が言ってたけど、来年の今頃には、もう志望校を決めて勉強に励んでいる頃だって。もうさ、こういう話、ホント嫌になっちゃう」

「そう、だね」

否定しないようになんとか話を合わせると、円香は嬉しそうにパッと顔を輝かせる。

「やっぱりお勉強が好きなあいりでもそう思うよね！　なら私がそう思ってもしょうがないよね。だいたいさ、まだ私たち中二なのに、今から来年のこととかその先のこととか実感が湧かないし想像もつかないよ」

身体を起こすと、両手を頭の後ろで組みながら円香は眉をひそめて不服そうな声を出した。

「それに先生たちもうるさすぎだよ。高三とは言わなくても、せめて中三のこの時期ならしょうがないのかなって思うけど、まだ私たち中学生だしさ。うちの先輩たち、まだみんな部活来てて余裕そうだよ。結局、あんなのってただの脅しでしかないと思うんだよね」

あいりが否定しないのをいいことに、円香は文句を連ねていく。

「こんな時期から将来のこと見据えて？　勉強？　そんな人、絶対いないって。いたらただのガリ勉君か意識高い系だよ。あいりもそう思うでしょ？」

黙っていればいいことはわかっていた。聞き流して、適当に返事をしていれば揉めることはない。部活ができない鬱憤を愚痴って晴らしたいだけだということはわかっている、だから わざわざ揉める必要はない。必要はない、のだけど。

必死に将来のために勉強をしているあいりにとって、やりたいことを我慢してでも行きたい学校に行くことを目標に頑張っている同じ塾の仲間を知っているあいりにとって、円香の言葉は看過できるものではなかった。

「あいり？」

黙り込んでしまったまま動かなくなったあいりに、円香は不思議そうに首を傾げた。

「どうかし――」

「私は、勉強を頑張ってる子だって凄いと思うよ」

「それはそうかもしれないけど」

あいりの言葉に、円香はどこか不服そうだった。

「でも正直、今勉強を頑張ってる子ってほとんどが親にやらされてるんだと思うんだよね」

円香はあいりの表情の変化に気付くことなく、持論を繰り広げていく。

「親に言われるがままにやって、自分の意思がないっていうか。そんなことより今しかできないことっていっぱいあると思うのに、なんか可哀想だよね」

「かわい、そう？」

可哀想なんて円香に言われるのは心外だった。我慢しようと必死だった。揉めてしまえば、せっかくの円香との関係にヒビが入ることはわかっていた。

――でもその場しのぎで揉め事を避けたところで、結局根底にあるものは変わらない。今、揉めなかったとしても、きっといつかは揉めたんだと、今ならそう思う。

「円香はさ、やりたいから部活をやってるんでしょ」

「うん、そうだよ。陸上めっちゃ楽しい。0・1秒を必死で縮めていくの。なかなかできないけど、でもほんの僅かでもいいから縮まったときには、涙が出そうになるほど嬉しいの。充実してるし、もっと頑張りたいって思うよ」

「同じことをさ、勉強で思うことは変なの？」

「変じゃないけど……でも、うーん」

納得しがたい、そう思っているのが表情から伝わってくる。

「でもさ、やっぱり今しかできないことってあると思うから、せっかくだったら勉強するよりも好きなことに打ち込む方がいいと私は思うんだよね。勉強なんていつでもできるわけだし」

「そ……っか」

「だから勉強に打ち込む人の気持ちがわかんないや。そういえば、去年先輩にも一人いたなー。塾に行くから部活辞めるって言った人が。今なら先生に言われたこと鵜呑みにしちゃったんだろうなって思えるよ。そのときもなんだかなーって気の毒にすら思っちゃったし」

それまでなんとか堪えてきたものが、その言葉を聞いた瞬間に溢れ出すのがわかった。

「先輩だって、辞めたくて辞めたんじゃないと、思うよ」

「そうかもしれないけど、でも最終的に先生の言葉を鵜呑みにして辞めちゃったからね」

あくまでも部活を辞めなかった人が正しくて、部活を辞めた人がバカなのだというスタンスを円香は崩さない。辞めた人がいったいどういう気持ちで、どれだけ悩んだかなんてきっと円香には関係ないのだと思うと、悲しいを通り越していらだたしささえ感じてしまう。

「つまり円香は勉強なんかより、部活をする方がいいって思ってるってことだよね」

「そうそう、その通りだよ。あー、よかった。あいりも同じように思ってて。やっぱり私たち気が合う――」

「そんなこと言ってると、碌な高校に行けないよ」

円香が最後まで言い終わるよりも早く、あいりは冷たささえ感じられるような口調で言った。自分でもこんなトーンの声が出るなんて驚いてしまうぐらいに、悪意に満ち溢れた声色だった。

「え？　……は？」

円香の声に、苛立ちが込められたのがわかったけれど、もう止められなかった。

「なんだかんだ言ってもさ、テストの成績が悪かったり、志望校下げたときの言い訳にしか聞こえないよ。勉強より部活の方が大事？　部活なんか頑張って何になるの？　陸上で将来食べていけるの？　まさかと思うけどプロにでもなれると思ってる？」

「なんでそこまで言われなきゃいけないの？」

ああ、こうなってしまえばもうあとには引けない。いつもの明るい表情ではなく、円香があいりを見る目には苛立ちと腹立たしさが込められているように見えた。

「別に、私が勉強しようがしまいが、あいりには関係ないでしょ」

「関係ないよ。でも、それで言うと他の人が部活より勉強を取ったって、円香には関係ないよね」

他の人、なんて言っているけれど、本当は自分が言われたくなかっただけなのはわかっていた。そしてそれは、言外に円香にも届いてしまったようだった。

「あー、もしかしてあいりってば私が羨ましいの？」

「は？」

「自分も本当は勉強なんかしたくなくて、それで部活を頑張ってる私に八つ当たりしてるんでしょ？　そういうのよくないと思うよ？　あいりが部活じゃなくて勉強をやってるのと、私が部活を頑張ってるの、何の関係もないことだよね？」

ぐっと言葉に詰まる。円香の言うことは正しいのかもしれない。あいりの中にあるわずかな羨ましさを見透かされてしまったようで恥ずかしくなる。けれど、それを認めるのも悔しくて、つい声を張り上げてしまう。

「もしそうだとしても、円香が自分のことを正しいと主張するために、他の人を馬鹿にするのは間違ってるんじゃないの？」

「馬鹿にしてなんかないよ、本当のことを言っているだけで」

「比較しなきゃ自分の正当性を主張できないなんて、かっこ悪いと思わない？」

円香にも自覚はあったらしく、何か言いたそうに口を開いたり閉じたりしたあと、ふいっと顔を背けてしまう。

気まずい空気が流れていく。

「もういい、帰る」

吐き捨てるように言うと、円香はあいりを残し教室から駆け出した。一人残されたあいりは、言いようのない思いを抱えたままその場から動けずにいた。

翌日、そして翌々日も円香とは会話をすることなく一日が終わった。日が経つにつれ、どんどん話しかけにくくなり――。

そのまま二年が終わり、三年のクラス替えで円香とはクラスが分かれてしまった。ホッとしたような、胸の奥に気がかりが残ったままなような、複雑な気持ちだった。

クラスが分かれると、顔を合わせる機会も必然的に減る。あんなに仲がよかったのに今では話をしないどころか、顔を合わせそうになろうものなら、どちらともなく顔を背けてしまう。

以前のように話したい、という気持ちがないわけではないけれど、きっともう修復はできないだろうとどこかで諦めていた。

四時間目の終わりを知らせるチャイムが鳴り、何人かの友人があいりの机に自分の机をくっつけた。給食の時間は、好きなグループで机をくっつけて食べていい決まりになっていた。二年のあの日までは、毎日のように円香と一緒に食べていたのに。そう思うと胸の奥がじくじくと痛む。

「あいり？　どうかした？」

「あ、ううん。お腹空きすぎてお腹痛くなってきちゃって」

「わかるー、朝もいっぱい食べたはずなのにお昼までもたないよね」

三年になって仲良くなった石田美希と二年から同じクラスの辰野涼子は、椅子に座りながら笑う。

今のクラスになってからは美希と涼子と三人でいることが増えた。仲はいいと思うし、一緒にいて楽しい。けれど、どうしてか二人と仲良くなればなるほど、円香のことを思い出すことが増えた気がした。

「はぁ、やだなぁ」

給食を食べながら、美希がため息を吐いた。どうしたのかと首を傾げていると、向かいに座った涼子も「わかる」とうなだれる。

「二人ともどうしたの？」

いったい何があるのかわからず尋ねたあいりに、二人は顔を見合わせると身を乗り出した。

「五時間目！　進路調査！」

「あー、今日だっけ。そっか、やだなぁ」

進路調査があるということは、受験が近づいてきているということで。どうしても気が重くなる。合格ラインより上にいると塾では言われているけれど、進学クラスに合格するためにはもうひと頑張りしなければいけない。希望する大学に入るためには、進学クラスに入れるかどうかが肝心だった。

「とか言っちゃって、あいりは余裕でしょ？　はー。私、あいりと同じところ行けるかなぁ」

「美希なら大丈夫だって。それに私もそんなに余裕ってわけじゃないしね」

「そうなの？　そっかー、あいりでもそんな感じなのかー」

ため息を吐く美希に、あいりは曖昧な笑みを浮かべた。

勉強の話をするのは嫌だ。どうしても円香と仲違いしたときのことを思い出してしまう。

そういえば、円香と揉めたのも、去年の今頃だった。

窓の外で終わりきらない夏が、ジリジリと照りつけていた。

五時間目の授業が始まり、出席番号順に一人ずつ別室へと呼ばれる。待っている間は、プリントと、それが終われば自習時間に充てられていた。

早々にプリントを終えてしまい、ノートと問題集を開くけれど集中できない。真っ白なノートに、無意識のうちに落書きを量産してしまう。相変わらず上手く描けない犬のイラスト。円香は簡単そうにさらさらと上手に描いていた。

——私が余計なことを言わなければ、今も仲良くいられたんだろうか。それともあのとき揉めなかったとしても、遅かれ早かれこうなっていたのだろうか。

そんな思いを抱えながら、どう見ても犬には見えないイラストを、シャープペンシルで黒く塗りつぶしていた。

「——り。……佐々木あいり！」

「はい！　え、はい？」

どこからか名前を呼ばれて慌てて顔を上げると、なぜかクラスメイトがみんなあいりへと視線を向けていた。

どうやらイラストを塗りつぶしながらボーッとしてしまっていたようだった。

「プリントをやってろとは言ったけど、寝とけと言った覚えはないぞ」

呆れたような担任の言葉に、クラスメイトがドッと笑う。あいりは恥ずかしさに俯きながら、教室を出て行く担任のあとを追いかけた。

担任からは普通に受験をする分には大丈夫だけど、進学クラスへ入りたいのであればトータルであと十点は上げる必要があると言われてしまった。

五教科各二点と考えるとたいしたことないように聞こえるかもしれないが、その二点が意外と重い。苦手科目で上げるより、得意科目でプラスにすることを考えた方がいいのかもしれない。

「はぁ……」

そんなことを考えていると、思わずため息がこぼれてしまう。

そういえば結局、円香はどこの高校に進路を決めたのだろう。陸上が強いところに行くのだろうか。どこに行くにしてもきっとあいりとは離れてしまうだろう。そうなれば、円香との関係はこのままになってしまう。

視線の先には、五組の教室があった。教室に戻るためには五組の前を通らなければいけない。気にしないようにと思えば思うほど、どうしても意識がそちらに向いてしまう。

五組は、班で何かの作業をしていたようで、教室の中は賑(にぎ)わっていた。どうやら発表用資料を作っているようで、それぞれの班ごとに色々話し合っているようだった。

「あ……」

その中で、クラスメイトの輪から外れて一人でいる存在を見つけた。——円香だ。申し訳程度に机はくっつけていたけれど、同じ班の人はまるで円香をいないものとして扱うかのように楽しそうに話をしている。円香は円香で、顔を背けて素知らぬふうを装っていた。

でも——。キュッと唇を噛みしめて、教室の壁を睨みつけるようにする円香の表情に、寂しさと悲しさが押し殺されていることをあいりは知っていた。

一緒のクラスだったときも、誤解されやすい発言のせいで円香をよく思わない女子がいた。集団で円香のことを囲んで「そんな酷いこと言わないで」と責めることもあった。そんなとき円香は言い返さない。その代わり、キュッと唇を結んで手のひらに爪のあとがつくほど拳を握りしめる。まるで泣くのを我慢しているかのように、そしてそれを悟られまいとしているように。

あの頃は、何かあればあいりが間に入って誤解を解くことができた。でも、今はきっと自分自身で誤解を解くこともなく、ああやって一人で孤独に耐えているのだと思うと胸の奥が苦しくなる。

たしかに誤解されるような言動は多かったけれど、それ以上に円香にはいいところがたくさんある。友達思いで、優しくて、人のことなのにまるで自分のことのように悩んでくれて、辛いときには何があってもそばにいてくれる。

「……って、バカみたい」

あれだけ傷つけられて、仲違いして、それでもまだこうやって円香のことを気にしてしまう。

どれだけ忘れようと思っても忘れられなかった。喉に引っかかった小骨のように、ずっと心の奥に棘のように円香の存在が刺さり続けている。でも今さら話しかけるのも難しい。

どうすればいいのかわからないまま、時間ばかりが過ぎていった。

十一月に入ったある日、参考書が欲しくて学校の最寄り駅である西宮北口駅の近くにある書店へと向かった。

夏の暑さはとっくに消え、冬の寒さもまだ遠く。心地よい気温の中を歩く。

塾の講師からオススメされた参考書を見つけレジへと向かおうとする途中、ふと漫画コーナーが目に入った。普段、そこまで漫画は読まないのだけれど何気なく新刊コーナーに視線を向けた。

「あ、これって円香が好きな漫画の新刊だ」

以前、円香と二人で書店へと行ったときに『一年に一冊しか出ないんだけど、凄く好きなんだ』と言って嬉しそうにしていたのを思い出す。あれから一年も経ったのか、と少し胸の奥が痛む。

結局こうやっていつでも思い出してしまう。きっと何年経ってもそれは同じなのかもしれない。忘れられるものなら、忘れてしまいたいのに。

もしかしたら、忘れられないのならいっそ一度向き合う方がいいのかもしれない。でも、どうやって――。

「ねえ、阪急電車のおまじないって知ってる？」

「阪急電車のおまじない？　なんかの漫画の話？」

新刊コーナー横の本棚で、女の子たちが話している声が聞こえてきた。

『阪急電車のおまじない』なんて、円香が好きそうなタイトルだ――。そこまで考えて、また円香のことを考えていることに気付いてしまう。受験を意識したせいか、あれからちょうど一年が経ったせいか、どんどんその頻度が高くなっている気がする。

「違う違う、漫画とかじゃなくって。本当の話だよ」

「えー？　ホントのってどういうこと？」

あいりが考え込んでいるうちに、女の子たちは楽しそうに話を続けていた。別に盗み聞きしたかったわけではないけれど、つい気になって話の続きを聞いてしまう。

新刊コーナーの漫画を見ているフリをして、女の子たちの話に聞き耳を立てた。

「ちょっと前に他校の子から塾で聞いたんだけど、阪急電車の三号線にくる電車に乗ると会いたい人に会えるらしいよ。この辺だと、西宮北口（ニシキタ）かな」

聞き馴染(なじ)みのある駅名に、無意識のうちに三号線のホームを思い浮かべていた。あいりの通う塾がある三宮(さんのみや)へは一・二号線に来る電車に乗る必要があった。三号線ということは反対方向、つまり大阪梅田方面へと向かう電車だ。

「三号線って私いつも乗ってるけど、会いたい人に会えたことなんてあったかな」

「それはね、きっとあっちゃんが普通の電車に乗ったからだよ」

「普通のってどういうこと？　特急って意味じゃないよね？」

勿体(もったい)ぶる言い方に、じれったく思ったのはあいりだけではなかったらしい。

「もちろん準急とか特急って意味じゃなくて、三号線に三時三十三分に入ってくる電車に乗らなきゃいけないの。それも三号車！」

得意そうに言う女の子の言葉に、あっちゃんと呼ばれた女の子が鼻で笑った。そしてその理由にあいりも想像がついた。

「三号線に三時三十三分に入ってくる電車なんてないよ。他の駅ではわかんないけど、少なくともニシキタには存在しないよ」

どうやらスマホで時刻表を表示させたらしく、「ほら」と言って画面を見せているのがわかった。けれど、女の子はそんなあっちゃんの態度にもめげることなく、自信満々に言った。

「それがあるんだって」

「いや、だからさ」

「時刻表には存在しない電車。だから『奇跡の電車』って呼ばれてるらしいよ」

「『奇跡の電車』？　え――。胡散臭い。それ絶対騙されてるって」

『阪急電車のおまじない』の次は『奇跡の電車』。あっちゃんじゃなくても胡散臭く思うのは仕方がない。これ以上、聞く必要もないかとその場をあとにしようと背を向けた。

「でも実際に、塾の友達の友達がそこで好きだった人に会ったらしいんだって」

「えー、ホントに？」

「ホントだって。好きな人と付き合えるようになったって聞いたよ」

「ふーん、まあホントなら凄いよね。あ、ねえねえ。この本って持ってたっけ？」

聞き流すようにしながら、あっちゃんは話を変える。阪急電車の話をしていた女の子の方も「どれどれ？」という反応をしていたから興味が移り変わったようだった。

『阪急電車の三号線に三時三十三分に入ってくる電車の三号車に乗ると、会いたい人に会える』

根も葉もない噂話だとわかっている。そんな魔法みたいな奇跡が起きるわけがない。それにもしそんな電車があったとして、本当に会いたい人に会えるのだとして、あいりはまだ自分自身が円香に会いたいと思っているのかどうか、確証が持てなかった。

会ったとしても何を話していいかわからない。どういう態度を取ったらいいのかわからない。円香が、どう思っているのかも――。

「……帰ろ」

参考書を購入すると、あいりは西宮北口駅から電車に乗って塾へと向かった。もちろん『奇跡の電車』なんかではない、普通の電車に乗って。

モヤモヤした感情を抱えたまま、気付けば数日が経っていた。

「失礼します」

日直だったこともあって、二時間目に社会の授業で使った大きな地図を、社会科準備室へと戻しにきた。

準備室の中には誰もおらず、とりあえずその辺に置いておいて——と、思っていると、あいりの背後で扉が開く音がした。

「ん？　何やってんだ？」

そこにはあいりのクラス担当とは別の社会の教師が立っていた。

「あ、これ頼まれて戻しに来ました」

先ほどまで持っていた地図を見せると、教師は納得したように頷（うなず）き、それから「そうだ」と顔を上げた。

「その資料、このあと先生も使うから、五組に持っていってくれ」

「え……」

五組、という言葉に思わず身構えてしまう。そこは、円香のいるクラスだったから。

「なんだ？」

了承以外の言葉なんて想定していなかったのか、教師は怪訝(けげん)そうに眉をひそめる。その姿に、あいりは慌てて「わかりました」と地図を手に取った。

「五組ですね。持っていっておきます」

「おう、頼んだ」

それだけ言うと、もう用はないとばかりに教師はあいりを社会科準備室から追い立てた。ぴしゃりという音を立てて、あいりの後ろで扉が閉まる。手には頼まれた地図がある。持っていくのはいいのだけれど、五組というだけで気が重い。胸の奥に鉛玉が転がっているようだった。

それでも引き受けたからには行くしかない。地図を持って元来た道を戻ると、自分のクラスである二組を通り越し、五組の扉の前に立った。

誰か知り合いはいないかと、扉を開けて教室内を見回すけれど、そんなときに限って仲のいい子の姿はない。そもそも五組はスポーツ系の部活に入っている子が多くて、帰宅部であるあいりにとっては、知り合いの少ないクラスだった。

とはいえ、いつまでも地図を持ったままでいるわけにもいかない。そろそろ自分のクラスに戻らないと、三時間目の授業も始まってしまう。誰でもいいから声をかけて、渡して、それで——。

「あ、ごめん」

「え、ううん。だいじょう、ぶ……」

誰かが五組の教室から出てこようとして、あいりにぶつかりそうになった。咄嗟に身体を避けたおかげでぶつかることはなかったけれど、あいりはそれどころじゃなかった。

「……円香」

「…………」

教室から出てこようとしたのは、円香だった。円香もあいりに気付き、一瞬目を見開いたあとふいっと視線を逸らした。

重く気まずい沈黙が、あいりと円香を包む。何か言わなければ、と思うけれど上手く言葉が出てこない。

「……あ、の」

それでもどうにか声を絞り出そうとして、あいりは手に持った地図の存在を思い出した。

そうだ、これを届けにきたんだ。

「あのね、私この地図を——」

「邪魔」

「え……」

けれど、あいりが言い終わるよりも先に、円香はあいりの身体をわざとらしく押しやると、教室を出て行こうとした。その瞬間、鋭い痛みがあいりの腕に走った。

「……っ」

「え、あ……」

腕を押さえるあいりを、円香は振り返る。あいりの表情と、そして壁にぶつかった瞬間、出っ張っていた釘（くぎ）に引っかけた腕を押さえる姿を、円香は呆然（ぼうぜん）とした表情で見つめていた。

そんなつもりはなかったということはわかる。でも、あいりが何か言うよりも教室にいた他の生徒たちが「どうしたの？」「大丈夫!?」と駆け寄ってくる方が早かった。

「ちが……私……」

円香は大きな瞳いっぱいに涙を浮かべ、首を振り、そして――その場から駆け出した。

「円香！」

あいりが駆けていくその背中に向かって名前を叫んでも、立ち止まることも振り返ることもなかった。

幸い、傷はたいしたことなかった。衣替えが済んでいたこともあり、制服を貫通した釘が腕を掠（かす）めただけで済んだ。半袖だったら二の腕に穴が開いていたかも、なんて言われてゾッとした。

「何があったの？」

保健室の先生は、穴が開いてしまったあいりの制服を、器用に繕いながら尋ねた。セーラー服の下に着ていた半袖のTシャツとプリーツスカートというなんとも間の抜けた格好で保健室の椅子に座りながら、あいりはなんともないふうを装って答えた。

「……別に、ただよろけた拍子に身体が壁に当たっただけです。そしたらタイミング悪くそこに釘があって」

「篠原さんと一緒にいたって話を聞いたけど」

何があったの、なんて言いながら、しっかりと周りから話は聞いているらしい。大人はどうしてわざわざ遠回りな言い方をするのだろう。

手元に視線を向けているようで、あいりの表情を確かめるようにこちらを見てくる保健室の先生に、肩をすくめてみせた。

「社会の先生に地図を五組に持っていってって頼まれたんです。それでちょうど入り口のところにいた篠原さんに頼もうとして。でも忙しいからって断られちゃったんです。それだけです」

どうしても円香に押されたことを言う気にはなれなかった。だって、あのときの円香は、怪我(けが)をしたあいりよりもよっぽど辛(つら)そうで悲しそうな表情をしていたから。

「そう……。ならいいんだけど」

保健室の先生は、玉留めをした糸を鋏（はさみ）で綺麗（きれい）に切ると、あいりにセーラー服の上衣を手渡した。どこが破れたのか全くわからない仕上がりに、一瞬「家庭科の先生だっけ？」と、錯覚してしまいそうになるほどだった。

「ありがとうございました」

お礼を言って保健室を出る。もうとっくに授業は始まっていて、校舎はしんと静まり返っていた。とぼとぼと廊下を歩いていると、先ほどの円香とのやりとりを思い出してしまう。

もう円香にとってあいりは、友達でもなんでもない存在なのだろう。あいりがこんなふうに円香のことを考えてしまうようには、きっと円香はあいりのことを思ってはいない。

わかっていたことのはずなのに、思い知らされてしまうと悲しいぐらい胸が痛んだ。

授業の途中で教室に戻ったあいりの元に、三時間目が終わったあとの休み時間、心配そうな表情を浮かべた美希と涼子が駆けつけた。

「大丈夫だった!?」

「怪我は？　病院は行かなくていいの？」

矢継ぎ早に質問を繰り出す二人を安心させるように、あいりは笑みを浮かべた。

「心配してくれてありがとう。とりあえず大丈夫そうだよ」

「よかったぁ」

「すっごく心配したんだよ」

二人の言葉から、あいりのことを本当に心配してくれていたんだということが伝わってくる。もう一度「ありがとう」と伝えると、二人は顔を見合わせて何か言いたそうにしていた。

「どうしたの？」

あいりの問いかけに複雑そうな表情を浮かべたあと、美希が声をひそめて言った。

「あの、ね。あいりの怪我が、篠原円香のせいだって……ホント？」

「な……」

まさかその話が、二組にまで届いているなんて思わなくて、あいりは言葉に詰まる。けれど、そんなあいりの態度を肯定だと受け取ったようで美希と涼子は顔をしかめた。

「やっぱりホントなんだ」

「ち、違う。あれは……!!」

「庇わなくていいよ、みんな知ってるから」

みんな、という言葉に、思わず周りを見回す。あいりの様子を窺うような視線が、教室のあちこちから向けられている。まさか、ここにいるみんな、先ほどの出来事を知っているというのだろうか。

「にしても、酷いよね。わざと押して怪我させるなんて」

「ちが……」

「怪我させておいて、謝りもせず自分は悪くないって態度でいなくなったんでしょ？　ホント最悪だよね」

「そうそう、ちょっと部活でいい成績出したからって、調子に乗ってるんじゃないかな」

「だからそうじゃなくて……」

否定しようとすればするほど、二人の声のトーンはヒートアップしていく。それに呼応するように、教室のあちこちでヒソヒソ話が広がっていく。

「あー、わかる。なんか露骨に他の人のこと馬鹿にしてるよね」

「そうそう、ホントそれ！　意味わかんな――」

「だから違うって！」

あまりの言われように、思わず声を荒らげてしまう。あいりの叫ぶような声に、教室は静まり返った。

「あ……」

「あい、り……？」

「ちが……私……」

二人が悪いわけじゃない。美希も涼子もあいりのことを本気で心配してくれていただけ。悪いのは、きちんと説明できなかったあいりだ。

「本当に、違うの。私がね教室の扉のところで邪魔しちゃってて。どいてって言われて避けたら壁に当たっちゃったんだ」

あいりの言葉に、二人は黙ったまま頷いてくれる。

「ついてないことに、そこに釘が出てたの。だから誰が悪いとかはないの。……篠原さんのせいじゃないのに、間違った話で篠原さんが悪者になっちゃうのは……ちょっと」

「そっか……。ごめん、私たち……」

「ううん、二人が私のことを心配して言ってくれたのはわかってるから。ありがとう」

あいりが微笑むと、二人はホッとしたように表情を崩した。同時に、教室に流れる空気もどこか柔らかくなった気がした。

四時間目の授業が始まって、窓の外をボーッと見つめながら円香のことを考える。

もう一度、話がしたい。でも、さっきみたいな態度を取られる――ううん、取らせてしまうぐらいなら、もう会わない方がいいのかもしれない。

けれど、あいりは最後に円香が見せた表情が気になっていた。傷付いたような辛そうな顔。あのとき円香はどんな気持ちだったのだろう。今、何を考えているのだろう。

いつも一緒で、なんでもわかっていると思っていた。親友だって、そう思っていた。でも、今のあいりには円香が何を考えているのか、何一つ想像がつかなかった。

結局、会いたい会いたくない、話したい話したくない、と正反対の感情が入り混じってどちらも選びきれずにいた。

でもそんな不安定な感情は、よい方向には進まない。

「佐々木、今回のテストどうしたんだ」

放課後、担任に呼ばれたかと思うと、数日前に行われた小テストを手渡された。回答欄が一つズレていたり、濁点を入れ忘れたために減点されたりと、散々な点数だった。

「受験前のこの時期に、何をやってるんだ。小テストだからって手を抜いたのか？」

「そういう、わけじゃ……」

「何か悩みでもあるのか？」

真っ直ぐに見つめられ、思わず目を逸らし俯いてしまう。悩み事がない、わけではない。でも言ったところで「じゃあさっさと話してこい」「仲直りしてこい」と言われても「はい、わかりました」と返事はできない。できるぐらいなら一年間も悩んでいない。

……ああ、そうだ。一年。あいりはこの一年間ずっと悩んできた。どうやったら円香との間に起きたあの出来事を忘れられるのか。ううん、解決できるのかを。

「悩みによっては解決できる、できないはある」

担任の言葉に、あいりは顔を上げた。怒っているとばかり思っていた担任は、優しく諭すようにあいりを見つめていた。

「でも悩みから逃げ続けている間は、自分の中で答えは出ないんだ」

「悩みから逃げ続けている……」

担任の言葉を、思わず復唱する。そんなあいりに担任は、優しく微笑みかけた。

「そう。解決してもしなかったとしても、きちんと悩みに向き合えば、自分の中で折り合いがつくこともある。でもそれをせずに悩みに背を向けて逃げているうちは、ずっと気がかりなまま自分の中で引っかかりだけが残って、スッキリしない状態になってしまうんだ」

まるで今のあいりの状態を見透かしたかのような担任の言葉に、何も言えなくなってしまう。そうなのかもしれない。ずっと悩みと――円香と向き合うことから、あいりは逃げてきたのかもしれない。そんな自分を認めたくなくて、蓋をし続けてきたのかもしれない。

「話は以上だ。もうすぐ期末テストもあるから、気持ちも体調もどっちも整えてテストに向かうように。次こんな点数取ったら、佐々木が目指してる進学クラスどころか、志望校すらも考え直さなきゃいけないかもしれないぞ」

「……はい」

失礼しました、と頭を下げて職員室をあとにする。

自分自身が逃げていることに気付いたからといってどうしていいのかわからない。ううん、どうしたらいいのかはわかっている。円香と話をするべきだということは。でも、どうやって話しかければいいのか。きっかけを見つけることが難しい。

ふと職員室の前に設置されている掲示板に視線が向いた。そこには各部活の活躍や、保健室からのお知らせ、給食の栄養通信などが貼られていた。その中の一枚に、円香の名前を見つけた。

夏頃にあった大会の結果が書かれたそれには、『篠原円香　全日本中学校陸上競技選手権大会共通女子200m　三位』と書かれていた。そういえば、夏休み明けの全校集会で表彰されていたのを思い出す。

全国で三位なら凄いはずなのに、あのときの円香は凄く悔しそうに顔を歪めていた。この大会が三年にとってはラストだと、いつか話していたのを聞いた記憶がある。全国三位は円香にとって、一位を取るつもりで、円香は三年間毎日頑張っていたはずだ。全国三位は円香にとって、きっと不本意な結果だったに違いない。

あいりが勉強に必死になっているように、円香もきっと勉強よりも大事なものがあって。それを否定されれば、誰だって怒るに決まっている。

自分を否定された気になって、円香の大切なものを否定した。それは紛れもなく、あいりが悪かった。たとえ、円香が先にあいりを否定したとしても、だからといってあいりまで円香を否定していいわけではない。

今の円香が、あいりのことをどう思っているかはわからない。でも、あいりは円香ときちんと話をしたい。ようやく、心からそう思うことができた。

の、だけれど——。

いざ話をしようと思ってみると、円香に会うことができない。教室まで行ってみても、いつも円香の姿はない。部活も引退してしまっているので、放課後どこにいるのかもわからない。

同じ学校に通っているはずなのに、こんなにも会えないのは円香があいりに会いたくないと思っているからなのではないか、そんなふうに考えてしまうほどだ。

会いたくないと思われているのであれば、無理に会わない方がいいのでは。

自分の中でネガティブな感情が顔を出し始める。拒絶されているのに、無理に会おうとするのはあいりの自己満足なのではないか。嫌がられているのに、会いに行って何になるのか——。

「違う」

心の中で並べられる言葉は、全部あいりの中の弱さが、円香に拒絶されていることを認めるぐらいなら、と並べ立てた逃げる口実に過ぎなかった。

円香の本心なんて円香にしかわからない。円香本人から嫌だと、会いたくないと言われたわけではない。それなら、円香から直接「嫌だ」と言われるまでは会えるように頑張ろうと思うのもまた、あいりの自由だ。

「でも、どうやったら会えるんだろう」

朝も放課後も会えない。授業が終わって五組まで走っても、すでに円香の姿はない。授業をサボったり、遅刻覚悟で五組の教室の前で待ったりすることはできないし、そんなことをしようものならあいりの担任、そして円香のクラスの担任からも注意されてしまう。

何かいい方法はないだろうか。必死に考えるあいりの脳裏に、この間の女の子たちの会話が思い浮かんだ。

『阪急電車の三号線に三時三十三分に入ってくる電車の三号車に乗ると、会いたい人に会える』

もしも本当に会えるのなら――。

一週間後、先生たちの研修の関係で、この日は五時間授業だった。今日を逃せば、次に三時までに学校が終わるのはテストの日になってしまう。

あいりは帰りのホームルームが終わるなり教室を飛び出すと、西宮北口駅へと向かった。こんなふうに全力で走ったのはいつ以来だろう。体育の授業でもここまで真面目に走っていなかったと思う。それぐらい必死に、あいりは駅までの道のりを走っていた。

スマホを確認すると、あと七分で三時三十三分になってしまう。どうしてもこのチャンスを逃したくはなかった。

正直、あの話を完全に信じたわけじゃない。ただもしも本当に円香に会えるのなら、奇跡にだって縋りたかった。

「はあ……はあ……間に、あった……」

改札の前で立ち止まると、肩で息をすることを繰り返す。ぜえぜえと風邪を引いたときのような音が、喉の奥から聞こえてくる。

定期券を改札に翳し、乗り慣れた一・二号線へと向かう階段——ではなく、普段乗ることのない大阪梅田方面へと向かう階段を上がる。

電光掲示板には、次発の『三時三十六分発　特急「大阪梅田」行き』と表示されていて、当たり前だけれど『三時三十三分発』の電車の案内など存在しなかった。

まばらではあるけれど、人のいるホーム。ここに存在しない電車が入ってくれば、軽い騒ぎになることは想像に難くない。

「やっぱり、噂は噂。だよね」

そんなことあるわけない、とあればラッキーだぐらいに思っていたはずなのに、いざ本当にないのを目の当たりにすると、思った以上にガッカリしている自分がいて、つい笑ってしまう。

せっかく早く学校が終わったんだ。このまま三時三十六分の電車に乗ってたまには梅田に行くのもいいかもしれない。そんなことを考えていると、不意にあたりにモヤが立ち込めはじめた。

モヤのせいで周りにいたはずの人たちの姿が見えなくなる。不安に思っていると、電車の到着を知らせるメロディとアナウンスが聞こえた。

『みなさま、まもなく三号線に電車が到着します』

「え……？」

上手く聞き取れなかったけれど、たしかに今、三号線に電車が到着するとアナウンスは言っていた。

スマホで時間を確認すると、時刻は三時三十三分ちょうどだった。

けれど三号線に、この時刻に発着する電車は存在しない。あの『奇跡の電車』以外は――。

電車は当たり前のように入ってくると、あいりの目の前に止まった。

開いた扉の向こうも、ホームと同様にモヤのせいでよく見えない。ただはっきりとわかるのは、目の前に止まった電車が三号車ということだけ。

本当に乗ってしまって大丈夫だろうか。おまじないというよりは、都市伝説や怪談のようにさえ感じられる目の前の電車に思わず足が竦む。

こんなのに頼らなくても、もう少し頑張ってみれば円香に会えるかもしれない。そうだ、その方がきっといい。

回れ右して電車に背を向けて、その場を立ち去ろうとした。でも、足がピタリと止まる。

――私は、また逃げるのだろうか。

今までいろんな言い訳をして、円香と向き合うことから逃げてきた。本当に会いたいのなら、自宅まで行くという手だってあったはずだ。別に遅刻したって先生に怒られたってよかった。そんなことよりも円香の方が大切だった。

今だってそうだ。おまじないなんていう不確定なものに頼って、心のどこかで本当にあるわけないと高をくくって、なのにいざ目の前に来たら理由を付けて背を向けた。

ホームに電車の発車を知らせるメロディが鳴り響く。聞き慣れたメロディが鳴り終わり、そしてホームにベルの音が響いた。――その瞬間、あいりは踵を返し駆け出した。

閉まりかけたドアの隙間を縫うようにして、三号車へと飛び乗る。すぐ後ろでドアが閉まる音がして、車内に「駆け込み乗車はご遠慮下さい」という放送が聞こえてくる。

ほうっと息を吐き出したあいりは、恐る恐る辺りを見回した。けれどモヤが凄くて、誰かが車内にいるのはわかるけれど、人の顔まで判別できない。どうしたらいいのかわからず、動けないままでいるとどこかで聞き覚えのある声が聞こえた。

「……あいり？」

「まど、か？」

思ったよりも近くにいたその声の主は、あいりがずっと会いたくて会いたくて仕方がなかったその人のものだった。

「ほ……」

「本当に会えた！」

「え？」

あいりが言うよりも早く、その言葉は円香の口から発せられた。聞き間違いじゃなければ、今円香は「本当に会えた」と言った。誰に？　あいりに？　まさか円香もあいりに会いたくてこの電車に乗ったなんてそんな、都合のいい話があるのだろうか。いや、そんなことあるわけ――。

ううん、どっちかなんてもうどうでもいい。それよりもあいりには円香に言わなければいけないことがある。

「あのね、私……ごめん！」

「あいり？　どうして？　謝るのは私の方だよ」

「円香……」

顔を上げるとそこには、泣きそうな顔であいりを見つめる円香の姿があった。

「色々、ごめん。去年のことも、それから……この間のことも」

そう言うと、円香は頭を下げた。その表情が驚いているのか、怪訝そうな表情を浮かべているのか、あいりからは窺うことができない。

「……円香」

「……っ」

まるで何を言われるのかと怯(おび)えているかのように、円香の肩が震えた。そんな円香に、あいりは優しく声をかけた。

「そっち、座ろっか」

「あ……うん」

おずおずと顔を上げると、円香は小さく頷(うなず)いた。

四人がけのボックス席、その窓側にあいりが、通路側に円香が座った。こんなふうに隣り合って座るのは一年以上ぶりで、少しだけ緊張する。それはどうやら円香も同じだったようで、目が合うと困ったように「へへ」と笑ってみせた。

「なんか、凄く久しぶりだね」

「そう、だね」

どうしても気まずさが拭えずに、窓にかかったブラインドを上げる。けれど、外も同じようにモヤがかかって見ることができない。いったいこの電車はどうなっているのだろうか。

「不思議な電車だよね」

円香がポツリと呟(つぶや)く。

「この電車『奇跡の電車』って呼ばれてるんだって。知ってた？」

あいりは静かに頷く。そして円香も知っていて乗ったのだと改めて思う。それなら先ほどの『本当に会えた』という言葉はもしかして。

「あいりにね、会いたかったの」

円香は俯（うつむ）くと、自分の膝をジッと見つめるように視線を落とす。膝の上に置かれた拳は、小さく震えているように見えた。

「あの日のことを、それからこの間のことを、どうしてもあいりに謝りたくて。でも面と向かって謝る勇気も、会いに行く勇気もなくて……。こうやって『奇跡の電車』に頼っちゃった」

「円香も……」

同じことを考えていたなんて、思ってもみなかった。

「でもホームまで来て帰ったり、電車に乗ろうと思って乗れなかったりって、ずっと一歩踏み出すことができなかったんだ」

そんなふうに円香も思ってくれていたなんて知らなかった。

「あのときは、嫌な言い方しちゃってごめんね。この間も……。怪我（けが）、大丈夫だった？」

「わ、私の方こそ！」

先に謝るつもりだったのに、円香に先を越されてしまった。あいりは慌てて頭を下げた。

「私の方こそごめん。ずっとあんな感じで円香と気まずくなっちゃったこと、気にかかってた。ちゃんと話をしたいって、思ってた」

「あいり……」

「怪我だって、ほら。全然なんともないよ！」

袖をまくり上げると、少しだけ赤い痕がついている箇所を見せる。もっと酷い怪我を想像していたのか、円香はあいりの腕を見て、ホッと息を吐き出した。

「よかった……。本当によかった……」

「心配してくれて、ありがとう」

微笑むあいりに円香は首を振ると、自分の膝を見つめたまま話し始めた。

「私と、話してくれて、ありがとう。もうこんなふうにあいりと話せることなんてないんだって、そう思ってた」

「そんなこと……！　私だって……！」

ずっと話したかったと言うと、きっと嘘になってしまう。

気まずくて、逃げたくて、考えることから目を背けてきた。背中を向け続けていた日々を、やっと終わらそうと思えたのは、つい先日のことだから。

「……あのままじゃ嫌だって、私も思ってたから」

嘘じゃない。あのまま円香との楽しかった思い出を、一緒に過ごした日々を、嫌な気持ちで真っ黒に塗りつぶしてなかったことにはしたくなかった。

あいりの言葉に、円香は膝に載せた手をギュッと握りしめると泣きそうな顔で笑った。

「一緒だったんだね」

「うん、一緒だった」

「そっか」

話をしなければいけないのはわかっている。ごめんねと伝えて、それで仲直りとなるはずがないことも。

きっかけは『奇跡の電車』がくれた。それなら勇気を出すのは、あいり自身だ。

阪急電車が線路の上を走る振動音だけが、車内に鳴り響く。あいりと円香の間には、沈黙が広がり続ける。

振動に合わせて、一度、二度と呼吸を繰り返すと、制服のスカートをギュッと握りしめ、あいりは口を開いた。

「私、ね。中学に入るまで、ずっとミニバスをしていたの」

「え……？」

それはずっと押し殺してきた、小学校時代の思い出だった。

「初めて聞いた……」

「うん、中学に入って以降、初めて誰かに話した。私、中学に上がるタイミングで引っ越したから、小学校一緒だった子もいなかったしね」

「なんで中学でバスケ部に入らなかったの？」

言えば、そう聞かれることはわかっていた。だからこそ言えなかった。

「中学入ったら、勉強難しくなるでしょ？　だから辞めたの」

「そんなことで……」

「円香にとっては『そんなこと』かもしれないけど、私にとっては大事なことだったの。入りたい高校があって、行きたい大学があって、就きたい仕事があった。ミニバスと将来の夢とを天秤に掛けたときに、私にとっては夢の方が大事だったんだ」

価値観の違いだということはわかっている。人にとって大事なものは違う。だから仕方ない。

そうやって自分自身に言い聞かせてきた。

――本当に、すっぱりと夢のためにミニバスを辞めていたのであれば、きっとあんなふうにムキになることはなかった。

「でも、そんなこと言いながらも円香が楽しそうに部活に打ち込んでいる姿を見て、いいなって、羨ましいなって思ってたんだと思う。だからあのとき……」

スカートを握りしめる手に力が入る。グチャグチャになったスカートに、たくさんの皺が入っていく。

「自分の正当性を押しつけるために、人のことを否定していたのは、私自身だった。本当に、ごめんなさい」

手の甲に、ぽたりぽたりと涙が落ちる。泣きたいわけじゃない。こんなふうに話し合いをしているときに泣くのは卑怯(ひきょう)だとわかっているけれど、高ぶった感情のせいかこぼれ落ちる涙を止めることができない。

涙で濡れたあいりの手に、そっと円香は手を重ねた。

「謝らないで。あいりだけが悪いんじゃないよ」

その声に涙が混じっているように聞こえて、あいりは隣に座る円香へと顔を向ける。あいりと同じように、ううん、あいり以上に涙でぐちゃぐちゃになった顔で、円香はこちらを見つめていた。

「私、もね。ずっとあいりにコンプレックスを抱いてた」

「コンプ、レックス？」

聞き返したあいりに、円香は黙ったまま頷く。円香の手へと重ねるように置かれた手のひらに、力が込められた気がした。

「小学校の頃ってさ、勉強なんかしなくても全力で遊んだりスポーツしてたり、そういうのでよかったでしょ。でも、中学入ったら全然そんなことなくて。部活もやるけど勉強だってできて当然で。なんなら、親には部活やってるせいで成績落ちたとか言われちゃってさ。そんなに勉強が大事なの？　ってむかついちゃって。いや、そりゃできた方がいいのはわかるし、できないと自分が困ることもわかってるんだけど、でも……」

円香の言いたいことは凄くよくわかる。小学校のときよりも勉強はずっと難しくなるのに、親には「前はもっといい点が取れたのに」「中学になってからサボってるんじゃないの？」なんて言われてしまう。

みんな心配して言ってくれてるんだってことはわかっているけれど、それでもモヤモヤした言いようのない気持ちだけが心の中に積み上がっていく。

「それでも、私は陸上を頑張るんだってそう決めてた。陸上の推薦で行ける学校もあるしね。そう思ってたのに、あの時期、タイムが凄く伸び悩んでて。このままだと県大会で上位には入れないって顧問から言われちゃって。担任からも部活でどれだけいい成績を出したって、成績がボロボロだと推薦は取れないとか言われるし。それから……」

円香は言葉を途切れさせて、それから窺うようにしてあいりを見た。

「どうしたの……？」

「その、気を悪くしないでね。親から『部活なんかより勉強をしろ』『あいりちゃんみたいに勉強を頑張れないのか』『あいりちゃんだってお前みたいなバカとは付き合いたくないって思ってるんじゃないか』とか、あいりと比較するようなことを言われて……」

「そんな酷いこと……！　私、円香のことをそんなふうに思ったことなんて一度もないよ！」

「そう、だよね。あいりはそんなこと思わないって、冷静に考えればわかるんだけど……」

円香は辛(つら)そうに目を閉じた。

友達と比較をされるようなことを言われるのは、すごくすごくしんどい。それが勉強だろうとスポーツだろうと、それ以外のことだろうと、だ。

あいりだってテストの成績で他の人と比べられたり、ミニバスをしていたときもレギュラーが取れたとき取れなかったときで、同じチームの子と比べられて凄く苦しかった。きっと円香も、辛い思いをしていたはずだ。

そんな心が弱っているときに先ほどのようなことを言われれば、心が揺らぐのも無理ないのかもしれない。

「自分でね、部活を頑張ろうって、あいりみたいに勉強ができなくても私は私で頑張れることを頑張ろうって決めたはずなのに、どんどん苦しくて辛くて、不安になっちゃって……。それで、あのとき八つ当たりするみたいに酷いことを言っちゃった……。でもどんな理由があったって、傷つけるようなことを言っていいわけじゃないから……。本当にごめんなさい」

あいりの手を握りしめたまま、円香は苦しそうに頭を下げた。

円香と仲がいいと思っていた。一緒にいて楽しいと、話が合うと、なんでもわかり合えていると、本気で思っていた。

でも蓋を開けてみればお互いに、相手を羨んで、相手に言えない感情を持って、本当のキモチを伝えることができないまま、上辺だけの友人関係を築いてきたのだと、そう気付いてしまった。そして同じことを、円香も気付いたに違いない。

「私たち、似たもの同士だね」

わざと明るく言ったあいりに、円香も顔を上げ無理矢理（むりやり）作ったような笑みを浮かべた。

「……ホントだね」

もしもあのとき、こうやって本音で話すことができていれば何かが違ったのだろうか。そんな考えてもどうしようもないことを思ってしまう。でもあの頃のあいりたちは、ああやってケンカするときでさえ、お互いに本音ではなくどこか上辺だけで話していた気がする。今考えればあれは、きっとお友達ごっこでしかなかったんだと、そう思う。

どこか気まずい沈黙のあと、円香は「そういえばさ」と言うと、涙でぐちゃぐちゃになった顔を、手のひらで拭う。

引退するまでに部活であった笑い話や、担任の先生のドジな話、いろんな話をしてくれる。あいりも、負けじと笑みを浮かべる。

「円香の読んでた漫画、新刊出てたよ」

飛びきりの情報を伝えると、円香は一瞬驚いたような表情を浮かべたあと、嬉（うれ）しそうに笑った。

「ホント？　それは、このあと買いに行かなきゃだ！」

声を弾ませる円香に、あいりも嬉しくなる。こういう感覚は久しぶりだった。美希たちと一緒に過ごすのも楽しい。けれどやっぱり、円香と一緒にいる時間は特別だった。

「は――あ。やっぱりこうやってあいりと話しできるの、楽しいなぁ」

同じことを考えていたのか、伸びをすると円香は寂しそうに笑った。

こうやって円香と一緒にいるのは楽しい。話していた内容はとても苦しいけれど、前よりももっと距離が近くなった気がする。けれど――。

一度分かたれた関係が、もう一度元に戻るにはもっともっと時間が必要だと、きっとお互いにわかっていた。

「ホント、楽しいね」

「うん、凄く楽しかった」

「楽しかったね」

どちらからともなく、口数が少なくなっていく。この電車がどこに向かっているのかわからないけれど、二人で過ごす時間が終わろうとしていることを、なんとなく感じていた。

「それじゃあ、そろそろ私は降りるね」

先に言い出したのは、円香だった。立ち上がる円香へと応えるように、電車はスピードを緩め始める。長い時間乗っていたように思ったけれど、電車のアナウンスが告げた停車駅は、特急で西宮北口から一駅先にある十三駅だった。

座ったまま動けずにいるあいりに背を向ける。円香の背中が僅かに震えているのがわかった。

「あいりの、本当の気持ちが知れてよかった。あいりと、友達になれてよかった」

円香もまた、この関係がここで終わろうとしていることに、気付いていた。もう元には戻れないことに。

「あいりのこと、大好きだったよ」

それだけ言うと、円香は振り返ることなく開いた扉からホームへと飛び出した。残されたのは、あいり一人だけ。

きっとこれが正解なのだと、あいりにもわかっていた。大切にしているものが、お互いに違いすぎて、きっと交わることはない。そんな状態で、もうあの頃には戻れない。

似ているようで、正反対だった二人。だから歩く道が違ったとしても仕方がないのだと、理解していた。

でも――。

あいりは立ち上がると、閉まりかけた扉へと走った。円香に想いを伝えるために。

「円香！　待って！」

ホームに立つ円香が、あいりの言葉に振り返った。

今なら間に合う。そう思い、電車から駆け下りようとしたあいりのポケットから、スルリとスマホが滑り落ちた。カタンッという音を立てて電車の床に落ちたそれを拾おうとした瞬間──。

「あ……っ」

扉は無情にもあいりの目の前で音を立てて閉まってしまった。まるで残されたあいりを嘲笑うかのように。もう戻れない、二人の関係を示すように。

「まど……か……っ」

やりきれない思いを、何度も何度も扉を叩くことでぶつけていく。もっと早く立ち上がっていれば、あと少し早く追いかけていれば。後悔してもどうにもならないことはわかっていたはずなのに、どうして同じことを繰り返してしまうんだろう。

ズルズルとその場にしゃがみ込むと、もたれかかるようにして扉に頭をつけた。

これで、もう終わりだ。

「……ううん、違う」

終わりたくない。終わりになんてしたくない。

電車は発車してしまったけれど、円香のもとに向かう手段がないわけではない。戻ることができないのなら、別のルートで行けばいいだけだ。

先ほど電車は十三へと着いた。それならきっと、この次の駅は阪急大阪梅田駅だ。梅田からならもう一度、十三へと向かうことは容易い。

あいりは握りしめたままだったスマホの画面をタップする。円香に『待っていてほしい』

と連絡をするために。けれど、先ほど落とした衝撃のせいか、スマホは真っ暗な画面のまま動こうとしない。これでは円香に連絡をすることができない。

「そんな……こんなの……」

もうどうしたらいいのかわからなかった。けれどそんなあいりの思いとは裏腹に、電車は次の到着駅へと近づいていく。

電車のスピードが緩み始める。終点である大阪梅田へと電車は入っていく。電車が完全に止まり、扉が開いた。すぐ目の前には――ちょうど発車しようとしている、電車が見えた。

「……待って！」

あいりは這い出るようにして電車から降りると、閉まりかけた扉をすり抜けて、車内へと駆け込んだ。

「～～無理な駆け込み乗車は、他のお客様のご迷惑になりますので」

本日二度目の注意アナウンスを受けると、車内にいた人達が一斉にあいりへと視線を向ける。当たり前だけれど、この電車は普通の電車で車内にモヤなど存在しなかった。

大阪梅田から十三まで特急に乗ればたったの三分で到着する。けれど、その三分があいりには永遠のように長く感じられた。

普通ならもうとっくに乗り換えの電車に乗って、自宅へと帰ろうとしているはずだ。でもあいりにはどうしてか、円香が待ってくれているように思えて仕方がなかった。閉まりかけたドアの向こうで、最後に見た円香の表情が何か言いたそうにしていたように見えたから。

電車はゆっくりと十三の駅へと入っていく。そして開いた扉から、今度こそあいりは駆け下りた。

円香のもとへと向かうために――。

「あいり！」

「円香……！」

飛びつくようにして円香はあいりに駆け寄った。

「な、なんで。さっき降りたホーム、ここじゃないのに、どうして……」

抱きつき合ったまま話す二人の姿に、他の利用客が迷惑そうな視線を向けていたけれど、気にする余裕はなかった。それよりも降りたはずのホームとも、帰るためのホームとも違うこの場所に、どうして円香がいるのかがあいりにはわからなかった。

「どうしてって……そんなの、あいりならきっと戻ってくるって、そう思ったから」

「私なら……？」

「さっき、私が電車から降りたとき、何か言おうとしてくれてたでしょ？　追いかけてこようとしてくれてたでしょ？」

身体（からだ）を離すと、円香はあいりを真（ま）っ直（す）ぐに見つめた。その目を見返すと、あいりは小さく深呼吸をして、それから口を開いた。

「私ね、円香と友達になりたい」

「友達に……なりたい？　戻りたい、じゃなくて？」

あいりの言葉に、円香は不思議そうに首を傾げた。あいりは泣きそうになるのを必死に堪えると、笑顔を浮かべた。

「きっとね、あの頃の私たちは本当の意味で友達にはなれてなかったと思うの。ぶつかることを恐れて、ちゃんと自分の気持ちを言うことができなくて、それでもってお互いに爆発して」

「そうかも、しれないね」

あいりの言わんとしていることがわかったのか、円香は寂しそうに微笑んだ。そんな円香の手を取ると、あいりは「でも！」と、言葉を続ける。

「だからこそ、今度こそ本当の友達になりたい。元に戻ることはできなくても、新しい関係をつくることはできるって、そう思うの」

「……そんな関係に、なれるかな」

円香の声は震えていた。俯いている円香の表情を見ることはできない。でもきっと、あいりと同じぐらい不安な気持ちを抱えているに違いない。

「わからない」

この先の未来がどうなるかなんて、今のあいりにはわからない。もしかしたらまた仲違いすることがあるかもしれない。やっぱり一度違えた道は、もう二度と交わらないのかもしれない。

でも、それでもそんなどうなるかわからない不安要素のために、円香との未来を諦めたくなかった。もしも上手（うま）くいかなかったとしても、きっとこの選択を後悔することはないはずだから。

「でも、なりたいって、私は思ってる」

「あいり……」

両目に涙をいっぱい溜（た）めて、今にもこぼれ落ちそうなそれを手の甲で拭うと、円香はあいりに抱きついた。

二人並んで、ホームへと向かうとちょうどやってきていた電車へと乗り込んだ。『奇跡の電車』なんかではない。二人が自宅へ帰るための、日常へ帰るための電車へと。

四号線

君との未来を夢見てた

昼休み、換気のために開け放たれた窓から冷たい空気が教室に入り込む。十二月に入り、一気に気温が下がり冬らしい気温になった。今年は暖冬だ、なんて言っていたはずのテレビのニュースは、手のひらを返したように『例年よりも冷え込む見込みだ』なんて言っていた。

寒くなると、あの日のことを思い出す。大好きだった人と最後に会ったあの日のことを。

「さっむ！」

「ねえねえ、もう窓閉めようよ。凍えちゃう！」

両手で身体を抱きしめるようにしながら、友人たちがお弁当の入った袋を手に相楽かのんのもとへと集まってくる。

別の場所で食べるために空席となったクラスメイトの机三つをくっつけると、二人ずつ向かい合うように座った。いつも通りの、何も変わらない光景だ。

二年になってから仲良くなった沙織と志保子。それから志保子と同じテニス部員で三年になって初めて同じクラスになった知花。何もなければだいたいはこの四人と、お昼を食べるのがいつものこととなっていた。

前までは部活のことや委員会のこと、それから受験のことが話のメインだったのだけれど、最近は少し違っていた。

「ねえねえ、聞いてよお」

お弁当の卵焼きをお箸で挟んだまま、沙織は泣きそうな声でそう言った。

「沙織、お行儀よくないから卵焼きを置くか、食べてから話して？」

「志保子、冷たい！」

口を尖らせながらも、志保子の言う通り卵焼きを口に含み、食べ終わってからもう一度「聞いてよー！」と沙織は言う。きちっとしている志保子と、自由気ままな沙織。正反対のようでいて、いいバランスの二人に思える。そんな二人の様子を知花は笑っているし、ついこの間まではかのんも一緒に笑っていた。けれど、ここ二週間ほどはそういうわけにもいかなかった。

「それで？　また『たーくん』とケンカしたの？」

「またって言わないでよ！」

「だって付き合い始めて二週間？　で、いったい何回ケンカしてるのよ」

呆れたように言うと知花はおにぎりを頬張る。一方、言われた方の沙織は真面目な顔をして指折り数え始めた。きっとこういうところが自由気ままでも憎めないのだと思う。

「八回！」

胸を張って答える沙織に、知花はわざとらしく額に手のひらを当て首を振った。

「本当に数えなくていいのに。ってか、八回？　たった二週間で八回？」

「正確には火曜日に付き合い始めたから、今日で二週間！　だから、昨日の時点では十三日間で八回かな」

「や、そんな一日ぐらいどうでもいいわ」

ため息を吐く知花に、沙織は「どうでもよくないよ！」と頬を膨らませた。

「一日違ったら、記念日が違ってくるでしょ！」

「何の記念日よ」

「二週間記念日！　今日お祝いしようって……ああ、そうだ。それで聞いてほしかったの！　たーくんったら酷いんだよ！」

話している途中に、本題を思い出したようで沙織は大きな声を出した。かのんとしては忘れていてほしかったけれど、思い出したものは仕方がない。どうか今日は、かのんにまで飛び火しませんようにと祈ることしかできなかった。

「あーもう、何が酷いの？」

なんとなく揉め事の想像がついたのか、疲れたような表情を浮かべながら志保子はタコさんウインナーを口に放り込む。知花はもう話を聞いてないんじゃないかと思えるほど、美味しそうに唐揚げを頬張っている。かのんも聞いているふりをしながら、手元のサンドイッチに齧り付いた。

「だってね、たーくんったら昨日会ったときに『明日は二週間記念日だね』って言ったら『え？　二週間？　それって記念日なの？』ってビックリした顔して言うんだよ。二週間記念日、祝うつもりなかったって酷くない？　たーくんってそんなに言うほど、私のこと好きじゃないのかな⁉　ねえ、どう思う⁉」

沙織の言葉にかのんはどうするべきかわからず、知花と志保子の様子を窺い見る。志保子の眉にはくっきりと皺が寄り、知花は笑いを堪えるのに必死という表情を誤魔化すかのようにミニトマトを口に放り込んだ。

「酷い……」

「ね、酷いでしょ？　やっぱり志保子もそう思うよね？　たーくんってば酷いよね！」

「酷いのはたーくんじゃなくて、あんたよ沙織」

「えー、なんで？」

志保子の言葉に納得できない沙織は、子どものように口を尖らせる。その姿が妙に愛らしくて、思わず笑ってしまった。

「あ、かのんってば今、笑った？　ってか、知花ちゃんも笑い堪えてるでしょ！　なんでみんなしてそんな感じなの？　友達がこんなに悩んでるっていうのに」

泣きそうな表情を浮かべる沙織だったけれど、志保子は呆れたように首を振るとため息を吐き、知花は堪えきれず噴き出しそうになったミニトマトを必死に口の中に押しとどめている。

おのずと沙織の視線はかのんに向けられていた。本当はこの話題に口を挟みたくなかったけれど、志保子も知花も何かを言ってくれそうには思えない。かのんは仕方なく、重い口を開いた。

「たーくんが沙織のことを好きじゃないとか、そんなことあるわけないよ。毎日いっぱい『すき』って言ってくれるってこの前、沙織言ってたでしょ？」

「そうだけど、でもあのときは好きだったけどもう愛想尽かしちゃったのかも！　だから記念日のことあんな適当な感じだったんだよ」

「うーん、どちらかというと記念日の捉え方の違いじゃないかな」

「捉え方の、違い？」

少し落ち着いた様子の沙織は、かのんの言葉を復唱した。

「そう。だって、聞きながら私も付き合って二週間ってお祝いするんだってビックリしたもん」

「え……？」

かのんの言葉に驚くと、沙織は確認するように志保子と知花の姿を見る。二人とも、かのんに同意するように頷いてみせていた。

「二週間って普通、お祝いするもんでしょ……？」

「ってことはもしかして一週間もお祝いしたの？」

「当たり前だよ。一週間二週間三週間で一ヶ月記念日でしょ。二ヶ月記念日に、三ヶ月記念日に半年記念日！　それから——」

「ストップ、ストップ、ストップ！」

どこまで続くか考えるだけでも頭が痛くなる記念日の数に、かのんは沙織の言葉を遮った。

「その普通は沙織の普通であって、みんなの――少なくともたーくんの普通とは違ったんじゃないかな」

「たーくんの普通……。それじゃあ、これから私はたーくんと記念日のお祝い、できないってこと……？」

コロコロと表情と感情が変わるのは、沙織の欠点でもあるけれど、それ以上に長所なのかもしれない。どこか憎めない態度に、かのんはふっと微笑みかけた。

「それは沙織とたーくん次第じゃないかな？」

「私とたーくん次第？」

「そう。付き合ってるのは二人なんだから、二人で記念日について決めていけばいいんじゃない？　沙織がいっぱいお祝いしたいって思ってるのと反対に、たーくんはお祝いは少なくてもいいと思ってるのかもしれない。だとしても、どちらかだけが我慢するんじゃなくて、二人で納得できる妥協点を見つけていくのもお付き合いの素敵なところなんじゃないかなって私は思う、よ？」

説教臭くなってしまった言葉に少し恥ずかしさを覚え、最後は誤魔化すように笑ってしまった。それでも沙織はパッと顔を輝かせて嬉しそうに口を開いた。

「凄い！　かのん、凄いよ！　私そんなふうに思ったこと今まで一度もなかった！」

「や、なんか色々言っちゃってごめん。とりあえず二人で話した方がいいよって言いたくて」

「ううん、謝る必要なんかないって。かのんの言葉、すっごくここに響いたんだぁ」

握りしめた拳で自分の胸を叩く沙織の姿に、ついに堪えきれなくなったのか知花はミニトマトを吹き出しせき込んでいる。そんな知花に沙織は不思議そうにキョトンとした表情を浮かべていた。


たーくん問題も解決し、昼休みが残り十分ほどで終わるという頃になって、沙織はようやくお弁当を食べ始めた。ほとんど食べ終わってしまった知花と志保子はスマホをいじっている。半分ほどサンドイッチが残っていたかのんも慌てて口に放り込んだ。

そんなかのんをジッと見つめる沙織の手が止まっていることに気付いた。

「沙織？　早く食べないとお昼休みが終わるよ？」

かのんが声をかけると、沙織はコロッケをお箸で掴み、口に入れようと――したけれど、それよりも先にかのんに言った。

「ねえ、かのんはさ彼氏とか作らないの？」

「うぐっ」

サンドイッチを頬張っていたかのんは、思わず噛まないまま呑み込んでしまいそうになって慌てて水筒のお茶で流し込む。少し涙目になったのを拭うと「あはは」と誤魔化すように笑った。

「作らないというか、私なんかと付き合いたいって思うような子がいないというか」

「えー、そんなことないよ！　三組の多田とか七組の石井とか、かのんのこと可愛いって言ってたよ！」

「え、あ、そ、そうなの？」

突然、名前を挙げられた男子を思い出そうとしたけれどそういう名前の子がいる、ぐらいにしか覚えていない。そもそも可愛いと好きの間には大きな隔たりがあるように思うけれど、沙織の中ではそうではないようだ。

助けを求めるように志保子と知花に視線を向けたけれど、二人はかのんの助けを求める視線を認めただけで、楽しそうに笑う。

「男子がどう思ってるかよりも、かのんに好きな子はいないの？」

「私もそれ知りたい！　かのんってばそういう話、全然言ってくれないから気になってたんだよね」

三人から詰め寄られ、どうやって逃げたらいいのかわからずにいるかのんを助けるかのように、教室に授業開始五分前を知らせる予鈴が鳴り響いた。その音につられるようにして、沙織たちが借りている机の持ち主たちも教室へと戻ってくる。

机の上に広げたままだったお弁当箱を慌てて片付けると、三人はそれぞれの席へと戻っていった。一人になったかのんは自分のお弁当箱を片付けながらほっと息を吐き出した。

好きな人の話をするのが、かのんは苦手だ。

五時間目は古典の授業で、国語教師が読み上げる物語を聞きながら、かのんは窓の外へと視線を向ける。吸い込まれるように真っ青な空に思い出すのは、小学校の頃ずっと好きだった木村翔（きむらかける）のことだ。いつも運動場を駆け回っていて、澄み渡った空みたいな笑顔を浮かべていた。

保育園の頃から、かのんと翔はずっと一緒だった。一緒に遊んで、お昼寝のときは隣にお布団を並べて手を繋（つな）いで眠った。

雷が鳴って怖がるかのんのことを、自分も怖くて震えている身体（からだ）で「だいじょうぶだから」と抱きしめてくれたのを今でも覚えている。

あのままずっと一緒にいられるのだと、そう思っていた。翔が小学校卒業と同時に引っ越しをしてしまうまでは。

そっと目を閉じると、今でもあのときのことをハッキリと思い出す。

父親の仕事の都合で、遠くの県に引っ越すことになったのだと翔がかのんに告げたのは、卒業式のあと、校庭で写真を撮り終わり喋っていたときのことだった——。

「今、なんて言ったの……？」

この日のためのとっておきのワンピースを着たかのんは、校庭の端にあるブランコを立ち漕ぎするスーツ姿の翔に聞き返す。聞き間違いでありますように、という願いを込めて。

でも、そんなかのんの淡い期待は翔の言葉によってあっさりと打ち砕かれた。

「だから、俺、中学は別のところに行く」

「なんで!?」

翔が私立中を受験したなんて話は聞いていなかった。だから、中学でもずっと一緒だと思っていたのに。

思いっきりブランコを漕ぐと、翔の身体は高く空を舞った。

「親の、仕事の都合」

かのんの問いに答えたのは、ブランコから飛び降り、かのんの隣に立ってからだった。

「仕事のって……転勤ってこと……？」

「そう。県外に行くらしくて、家族みんなで引っ越すことになったんだ」

「そんな……」

ショックで思わず言葉を失う。けれど、小学六年生の自分たちが親の転勤に対して無力なこともわかっている。かのんだって、両親から同じことを言われたらどんなに嫌でもついていくしかない。一人で生活できないことはわかっているし、何より家族と離れるなんて考えられなかった。

「……だから」

「会いに行く！」

「は？」

何か言いかけた翔の言葉を遮ると、かのんは顔を上げた。

「私、翔に会いに行くから」

「県外だから無理だよ」

「それじゃあ手紙書く！　ね、それならいいでしょ⁉」

どうにかして翔との繋がりを持っていたかった。でも翔は決して首を縦には振らなかった。その代わり。

「高校を卒業したらさ、会いに来るよ」

「会いにって……それまでは、どうするの？」

「それまでは、会わない。……その方がロマンチックだろ？」

最初は冗談を言ってるんだと思った。でも翔の表情は真剣そのもので、本気で言っていることが伝わってきた。

「高校卒業までって……今、私たち小学校を卒業したところだよ⁉　高校卒業まで六年もあるのに、それまで会うことも手紙を書くこともできないの⁉」

感情的に言うかのんに、翔は何も言わない。ただ黙って運動場を見つめていた。

その姿がまるでかのんを拒絶しているように見えて、気付けば頬を涙が伝い落ちていた。

「かのん……」

「やだ……よ……。そんなの、やだ……」

「……っ」

泣きじゃくるかのんを見つめる翔の表情は同じぐらい辛そうに見えた。何か、理由があるのだろうか。それなら教えてほしい。会えない理由を、会いに行ってはいけない理由を。

「翔、あの」

「手紙」

「え……？」

「俺から手紙書くよ。落ち着いたら絶対に書く。だから、」

翔は手を伸ばすと、そっとかのんの目尻に溢れる涙を拭った。

「泣かないで」

そう言った翔の表情があまりにも悲しそうで、かのんは何も言えなくなってしまう。これ以上ワガママを言えばきっと、もっと翔のことを苦しめてしまう。そんなことをしたいわけではなかった。

「卒業したら、本当に会いに来てくれるの？」

「うん、約束する」

「手紙も、書いてくれるの？」

「書くよ。いっぱい書く。だから、俺のこと忘れないで」

「忘れるわけ、ないよ……！」

涙でぐちゃぐちゃの顔で、かのんは翔に抱きついた。翔のスーツが涙で濡れていくのがわかったけれど、涙を止めることはできなかった。

「……っ。かの……ん……」

翔の肩が小さく震える。泣いているのかもしれない。でも、それを確かめる術は、そのときのかのんにはなかった。

ふと目を開けると、黒板の前では相変わらず古典の教師が一人で教科書を読み続けていた。辺りを見回せば大半の生徒が寝ているか、内職で違う教科の勉強をしているのが見えた。申し訳程度に、黒板に書かれたことをノートへと書き写す。どうやら話しているうちに脱線したようで、なぜか黒板には万葉集の恋文について書かれていた。

そういえば、翔からの手紙は恋文——ラブレターとはほど遠いものばかりだった。

初めての手紙が届いたのは、卒業式から二週間後。翔が引っ越して一週間が経った頃だった。

手紙には、コンビニで買った新発売のジュースについての感想や、春から始まるアニメのことが書かれていて、いったいどんな手紙をもらえるのかとドキドキしていたかのんは肩透かしを食らったことを今でも覚えている。

あの日から今まで、翔からは定期的に手紙が届いていたけれど、『今こんな漫画が好きだ』とか『このお菓子が美味しかった』とか、そんな他愛のないことしか書かれていなかった。でもそれが翔らしかった。手紙が届くだけで、嬉しかった。

ただ一つだけ。差出人の住所が書かれていないことを除いて。

どうしてか翔の手紙には、いつも住所が書かれていなかった。住所を書けば、かのんが会いに来てしまうと思っているのかもしれない。そんなことしないよ！　と、言いたいところだけれど、実際に書かれていても行かなかったか、と聞かれたら自信はない、かもしれない。

そんな翔からの手紙は、最初こそは一週間に一度欠かさず届いていた。けれど、やがて二週間に一度、三週間に一度と間が空くようになっていった。

それでも、今も一か月に一度は必ずポストに届く翔からの手紙を、かのんはまだかまだかと心待ちにしていた。

次の三月で、あれから六年。ようやく翔に会うことができる。卒業式が終わったら、いつも遊んだ城跡公園で会おうね、と約束をしてある。

翔は大きくなっただろうか。かのんと変わらないぐらいの背丈だったけれど、見上げなきゃいけないだろうか？　声は低くなった？　かのんのことを、ちゃんと覚えてくれているだろうか。六年も会わなかったのだ。もしかしたら顔を見てもお互いに気付かないかもしれない。

翔のことを思うと、今でも胸がキュッとなる。そんな子どもの頃の約束、と笑う人もいることはわかっている。沙織たちがそうだとは思わないけれど、でももしも笑われたら、と思うと口に出すことが怖かった。

翔と再会できるその日まで、翔との約束はかのんの胸の中だけに秘めていた。

沙織とたーくんとの記念日事件から数日が経った。どうやら一ヶ月や三ヶ月という大きめの記念日にたくさんお祝いしよう、と二人で決めたらしい。志保子は「三ヶ月って大きいの？」と呆れたように言っていたけれど、浮かれた沙織の耳には入っていなかった。

その日、かのんは進路指導の関係で放課後職員室に呼び出されていた。志望校のレベルを一つ上げてはどうか、という担任の言葉にどうしても頷けずにいた。頑張れば行けるかもしれない、でもそうすると県外に出ることになってしまう。住み慣れた高槻を離れて県外に出る勇気がどうしてもなかった。

昇降口を出ると、外はすっかり薄暗くなっていた。卒業まであと三ヶ月。年が明ければすぐに、大学入学共通テストもある。

「は——」

思いっきり吐き出した息が真っ白に染まる。まっすぐ帰る気にもなれず、近くの公園に寄り道しようと自宅へ向かう道ではなく、学校のすぐそばにある大きな公園へと向かった。

小さな頃からよく遊んでいた公園は、薄暗くなったこの時間でも小学生ぐらいの子どもたちの楽しそうな声が響いてくる。あれぐらいの頃は、かのんも翔と一緒に遊んでいたな、と懐かしく思っていると、背後から誰かの声が聞こえた。

「あの」

「え？」

一瞬、その声が誰にかけたものなのかわからなかった。けれど辺りにかのん以外人はおらず、おずおずと声がした方を振り返った。

「あ、えっと……大西(おおにし)君？」

「よかった、やっぱり相楽さんだ。違ったらどうしようかと思ったよ」

そこにいたのはクラスメイトの大西玲音(れお)だった。いつもは少し明るい髪の毛を外向きに撥(は)ねさせているのだけれど、放課後だからか少しだけぺたんと落ち着いていた。

ジジッと音を立てて街灯が灯(あか)りを灯(とも)す。その光で、十二月だというのに大西の頬に汗が伝っているのが見えた。

「どうしたの」

ジッと見ていることに気付いたのか、大西が口角を上げながら首を傾げる。そういう表情が可愛いと、クラスの女子が言っていたのを思い出した。

「汗」

「え？」

「ちゃんと拭いておかないと、風邪引いちゃうよ」

かのんの指摘に、大西は自分の頬を伝う汗を手で拭い、両手をうちわのようにして汗を乾かす仕草をした。

「はっず。走ってきたのバレちゃった……？」

「走ってたの？　あ、もしかしてトレーニング？　水泳部、だったよね」

「よく知ってるね。まあ、もう引退したから元水泳部、だけどね」

明るい茶色の髪の毛は、染めているわけではなくてプールの水に含まれる塩素と太陽の光のせいだ、と生徒指導の先生に言っていたのを思い出して言うと、大西は驚いたような表情を浮かべたあと、照れくさそうに笑う。

「俺のこと、相楽さんが知っててくれるの嬉しいな」

「どういう……」

こと、と尋ねようとして、大西の顔が赤いことに気付いた。もう随分前に日は沈んでしまった。夕日のせいにすることのできないそれが、何を意味しているのかわかりたくもないのにわかってしまった。

これ以上ここにいてはいけない気がする。

「ご、ごめん。私、そろそろ——」

「待って」

立ち去ろうとするかのんの手首を、大西はギュッと掴んだ。掴まれた腕から、大西の鼓動が伝わってくる。

「はなし……」

「好きです」

逃げることはできなかった。

「相楽さんのことが、好きです。俺と付き合ってください」

痛いほど真剣に、大西は気持ちを伝えてくれる。

「……ごめんなさい」

だからかのんは、大西を振り返ると、正直に伝えた。

「好きな人がいるから、付き合えません」

真っ直ぐに伝えてくれる気持ちに、嘘は吐きたくなかったから。

「……そっか」

悲しげに微笑む姿に、胸が痛くなる。こんな思いを、自分がさせているのだと思うと、心苦しくて仕方がない。

「ごめ……」

「でも俺、諦めないから」

「え?」

もう一度謝ろうとしたかのんの言葉に重なるようにして大西は言うと、けろりと笑った。

その態度の変わりように、かのんが驚いてしまうほどに。

「あ、諦めないって。私、好きな人がいて」

「でも、好きな人であって付き合ってるわけじゃないんでしょ」

「付き合って……」

かのんと翔の関係をなんと言えばいいのだろう。付き合っているのかどうかと聞かれると、たしかに付き合っているわけではない。再会を約束したけれど、別にそれ以上のことは何も――、

「なら俺、諦める必要ないよね? 相楽さんに好きになってもらえるように頑張るから」

「え、いや、だから私は」

大西はにこりと笑うと、言った。

「俺、こう見えてもしつこい男なんだ。だから、よろしくね。かのん」

まさかその言葉通り、翌日からしつこくアピールされることになるなんて、このときのか

のんは想像さえもしていなかった。

翌日、かのんが学校へと向かうと、校門のところで見覚えのある男子が立っているのが見えた。なんとなく嫌な予感がして、でもそんなこと表情に出せば違ったときに自意識過剰と思われてしまう。

さりげなくポケットからスマホを取り出すと、さもメッセージが来たかのように操作をしながら男子の――大西の横を、気付かないふりをして通り過ぎようとした。のだけれど。

「おはよ、かのん」

名前を呼ばれてしまえば、気付かなかったふりも、他の人に呼びかけたのだと勘違いしたことにもできない。仕方なく顔を上げると、そこには笑みを浮かべる大西の姿があった。

「……おはよ、大西君」

「やだな、他人行儀な。玲音って呼んでよ」

「他人行儀というか他人だから、大西君でいいと思うんだけど」

「でも俺はかのんと他人にはなりたくないんだよね」

「なっ……！」

大西の言葉に、周りにいた生徒たちが一気に視線をこちらに向けたのがわかった。

引退したとはいえ、水泳部のエースだった大西は同級生だけではなく、下級生にも顔が知られている。ファンだと名乗る女の子すらいるらしい。そんな大西が、校門の前で女子に向かって「他人にはなりたくない」なんて言ったものだから、周囲がざわめくのは無理なかった。

寒いはずなのに、注目を浴びているせいで手のひらには薄(うっす)らと汗をかいているのがわかる。一秒でも早く、この場所を離れたかった。

「へ、変なこと言わないで！　私、もう教室行くから！」

「変なことなんて言ってないけど？　ていうか、かのんが来るの待ってたんだから一緒に教室まで行こうよ」

「し、知らない！」

かのんは足早にその場を立ち去る。そんなかのんのあとを大西は「ちぇー」と。不服そうな声を上げながらついてきた。

昇降口まで来て、少しだけ大西のことが気にかかって振り返る。大西は手袋をしていない両手を擦(こす)り合わせると「はーっ」と息を吹きかけていた。鼻の頭が赤くなっているのが見えて、結構長い時間あの場所で待っていたことがわかる。

いったい何でこんな――。

昨日の夜、自宅に帰ってからもずっと考えていた。大西となんて会話をしたことも数えるほどで、たいした関わりがあったわけではない。なのに、大西はかのんのことを好きだという。罰ゲームかいたずらかとも思わないわけではなかったけれど、なんとなく真っ直ぐ真剣な瞳で見つめてくる姿を見ていると、そんなふうに思えない。思えないから余計に困る。いったいどうしてこんな――。

「朝から楽しそうだったねー」

考え込んでいるうちに、いつの間にか教室に着いていたようで、廊下側の一番前の席に座っていた志保子が笑いながらかのんに声をかけた。

「朝から楽しそうって、なんで……」

まさか校門での出来事が知られているのだろうか。恐る恐る尋ねたかのんに、志保子は窓際を指差した。

「さっきまでそこからみんな見てたよ」

「みんなって……」

「みんなはみんな」

ぐるっと教室を見回すような仕草をする志保子につられ、かのんも辺りを見回すと――教室にいる女子たちから、興味津々といった視線と恨みがましそうな視線が半々ずつ向けられていた。

「窓のところから、校門丸見えだからさ」

「つまり……？」

「声までは聞こえなかったけど、大西が誰かを待ってて、その誰かがかのんで、かのんが大西を置いて校舎に入るところまでみんなが見てたってこと」

「ほぼ全てじゃん……」

一連の流れを見られていた、そう思うと頭が痛くなる。声が聞こえてなかったのがせめてもの救いだけれど、校門のところには同じクラスの子もいたから、広まるのも時間の問題かもしれない。

「それで？　大西と何かあったの？」

「何も……」

「何もなかったって言わないでよ」

かのんから遅れること数分、教室に入ってきた大西が背後から顔を出した。

「大西君……っ」

「ね？」

ここで否定しようものなら何を言い出すかわからない。笑顔を向けてくる大西に、かのんは仕方なく頷(うなず)いた。

志保子は「ふーん？」と何か言いたそうな反応をしていたけれど、それ以上追及してくることはなかった。

けれど、志保子以上に興味津々な友人が一人いた。沙織はかのんが自分の席に座るのを待ち構えていたかのように、窓際の席まで駆け寄ってきた。

「ねえねえ！　さっきの何だったの？」

椅子に座るかののんの隣に立ち、興味津々といった表情を向けた。かのんはカバンに入れていたペンケースや教科書を取り出しながら、口を開いた。

「何でもないよ」

「ホント？　告白されたとかじゃないの？」

その瞬間、教室から女子の声が消えたのがわかった。みんな同じことを知りたがっていたようで、聞き耳を立てているであろうことが容易に想像できた。変に注目を浴びて、心臓が音を立てて鳴り響く。せっかく手のひらの汗が引いたというのに、今度は背筋を伝い落ちる。

「……さっきのは」

かのんは必死に平静を装うと、すぐそばに立つ沙織に顔を向けた。

「告白じゃ、ないよ」

そう言った瞬間、ほうっとため息があちらこちらから聞こえた気がした。

嘘は吐いていない。現に先ほどは告白をされてはいない。昨日は、されたけれど。

「なーんだ、そっかぁ」

沙織はつまらなそうに口を尖(とが)らせる。その態度から、かのんの言葉を信じてくれたことがわかり、少しだけ胸が痛んだ。友達なのに、本当のことを言えなかった。

教室にざわめきが戻ってくる。女子たちの関心は、かのんから離れていったようだ。沙織のおかげだ。

「絶対にあの雰囲気は告白だと思ったのになー」

「ごめんね」

本当のことを言わなくて――。

「なんでかのんが謝るの？　別に悪いことしてないんだから、謝らなくていいんだよ」

けろりとした表情で笑う沙織に、かのんは曖昧に微笑み返すことしかできなかった。

告白されたことを隠してしまったせいで、また一つ沙織たちに隠し事が増えた。そんなかのんの悩みは、意外な形で解消されることになった。意外と言うべきか、なるべくしてなったと言うべきか。

一時間目の授業が終わり机の上に出した教科書を片付けていると、かのんの頭上に誰かの影が落ちてきた。沙織たちかと思って顔を上げるとそこには、大西の姿があった。

「やっほ」

「……何か、用？」

「冷たいなー。用がなかったら話しかけちゃいけないの？」

「そういうわけじゃないけど」

悲しそうに言われると、思わず否定してしまう。けれどそんなかのんの反応に、大西が嬉しそうに口角を上げるのが見えて、やられたと思った。

「じゃあいいよね。と、いうか用はあるんだよ。さっきの数学でさ、俺わからないところがあって教えてほしいんだよね」

大西は自分のノートをかのんの机の上に置く。そこには丁寧な字で書かれた数式と、その隣に『?』マークが記されていた。

そういえば、翔も字が綺麗だっけ。小学生の頃も、それから欠かさず送ってくれる手紙に書かれた字もとても丁寧で綺麗だった。大西のノートを見ていると、翔のことを思い出して胸の奥がギュッとなる。

「ってことで、お願いできるかな?」

「え、でも私なんかよりもっと……」

数学が苦手なわけではなかったけれど、このクラスにかのんよりもいい成績の人はたくさんいる。クラスで真ん中ぐらいの順位にいるかのんに教わるよりも、他の子に尋ねた方がきっとわかりやすく教えてくれるはずだ。言外にそう伝えると、大西は首を傾げた。

「なんでって、俺がかのんに教えてほしいからだよ」

「な……っ」

さらりと言い放つ大西の言葉に、声を失ったのはかのんだけではなかった。

「え、待って。今のどういうこと？」

いつの間にかかのんの席のすぐそばまで来ていた沙織が、大西の言葉に素早く反応を示した。

「沙織、なんで」

「そんなのどうでもいいよ！　ね、大西君。さっきかのんのこと、なんて呼んだ？」

「ん？　かのんって呼んだよ」

「えぇー。いつの間に名前で呼ぶぐらい仲良くなったの？」

興味津々とばかりに沙織は大西に質問を重ねていく。かのんは大西がなんて答えるのかヒヤヒヤしながら見守ることしかできなかった。

大西はかのんに視線をチラリと向けると、ふっと笑った。

――ああ、もうだめだ。

昨日のことをきっとバラしてしまうつもりだ。そうすれば、かのんが沙織に言えなかった真実も明らかになってしまう。自業自得とはこういうことを言うのだと、身につまされる。

「仲良くは――なってないかな」

けれど、かのんの不安をよそに、大西は肩をすくめた。

「俺は仲良くなりたいって思ってるんだけどね」

「それって、つまり？」

肝心な言葉を大西から引き出そうと、沙織は食い下がる。そんな沙織に、大西は首を振って笑った。

「そういうのは、かのんにしか言いたくないからさ。聞かないで？」

スマートな大西の返しに、さすがの沙織もそれ以上追及することはなく、かのんは胸をなで下ろした。

沙織に気付かれないように、そっと大西を見上げる。大西はかのんの視線に気付くと、優しく微笑んだ。その表情で、大西がかのんのために昨日のことも今朝のことも伏せてくれたのだと気付く。

どうして大西がそこまでしてくれるのか、その理由がかのんにはわからないままだった。

授業が終わり、学校を出ようとしたかのんは、昇降口で待つ大西の姿を見つけた。教室で声をかけてこないと思ったら、こんなところにいたらしい。

素通りしようと、大西の横を通り過ぎる、つもりだった。

「何やってるの？」

「かのんのこと待ってた」

当たり前のように、大西は笑みを浮かべると「行こうか」と歩き出した。

中学の校区が違う大西とは、学校を出て公園の前までしか一緒に歩く時間はない。だからだろうか。ほだされたわけじゃない。翔より大西を好きになったわけじゃない。でも、その日からなんとなく、数分間だけ大西と二人きりで歩く時間を過ごすようになった。

話す内容は取り留めのないことばかり。そもそも数分しかないので、そこまで会話を続けることもできない。授業がどうとか、進路のこととか、テストのこととか。それから——。

「ねえ、今度さ遊びに行こうよ」

年が明け、大阪でも何度か雪がちらつく日があった。積もることはほとんどなかったけれど、雪が降るとぐんと気温が下がったように感じる。数日前に無事、大学入学共通テストも終え、残すは二次試験だけだ。

「行かないよ、二次の勉強もあるし」

「じゃあ、一緒に勉強しようよ」

「私、一人の方が捗るタイプなんだ」

「ちぇ、残念」

大西の誘いをかのんは断り続ける。悪い人ではないとわかっている。一緒に公園まで帰るようになって数週間。最近ではこうやって過ごすことが当たり前になってきたところはある。でも、それでもやっぱりかのんにとっての好きな人は翔一人だった。

「そういえばさ、この間『二人って付き合ってるの？』って聞かれたよ」

「なんて答えたの？」

思わず尋ねたかのんに、大西は――少し寂しそうに笑った。

「俺の片思い、って答えたよ」

そんな表情をさせてしまっていることに、胸が苦しくなる。こうやって大西と過ごす時間が楽しくなればなるほど、翔のことを考える時間が減っていることに気付いていた。でも、どうしてもそれを認めたくなかった。

「……ごめんね」

「それは、なんの『ごめんね』？」

「その、前も言った通り、好きな人がいるから大西君の気持ちに応えられなくて『ごめんなさい』」

必死に言葉を選びながら、かのんは伝える。けれど大西は、かのんの答えにどこか不服そうだった。

「その好きな奴のことは、今でも本当に好きなの？」

「え……？」

思いも寄らない大西の言葉に、思わず声を失う。好きだよ、と即答できない自分が腹立たしかった。

「好きだよ、当たり前でしょ」

なんとか絞り出した声。震えていて、自信がないのが伝わるような返事だった。けれど大西はそんなかのんの態度には触れることなく問いかけた。

「それじゃあ、相手の奴は今でもかのんのことを好きなの？」

「それ、は……」

そもそも再会の約束をしただけで、翔がかのんのことを好きかどうかはわからない。けれど、それは大西には関係ないことで。というか、大西はどうして——。

大西の言葉が妙に引っかかる。いったい何が、と考えようとしたかのんの思考は、大西の追い打ちをかけるような一言に打ち消された。

「きっとそいつもう、かのんのことなんて忘れてしまってるよ」

「そんなこと……！」

「一度も会いに来ないのが、その証拠だろ」

「……っ」

カッとなって、何かを言い返そうとして、でも言い返せる言葉をかのんは持っていないことに気付いて震える唇を噛み締めた。

涙が溢れそうになるのを必死に堪え、大西のことを振り返ることなく、かのんはその場から、大西の言葉から逃げ出した。

自宅に帰って、自分の部屋に閉じこもる。ベッドに身体を投げ出すと、枕に顔を突っ伏した。言い返せなかったことが悔しくて、あんなふうに言われっぱなしになってしまったことが情けなくて、でも何よりも、否定できなかったことが悲しくて辛(つら)かった。

翔に会いたい。今すぐ会ってそれで、それで――。

それでかのんは、いったいどうしたいのだろう。

勉強机の引き出しを開けて、翔から届いたたくさんの手紙を取り出す。どれも翔の楽しそうな様子が書かれていて、そのどれにもかのんへの思いは書かれていない。

翔はかのんのことをどう思っているのだろう。今の翔は、誰を思っているのだろう。

月明かりが差し込む部屋の中で一人、かのんは自分の心に問いかけ続けていた。

結局、答えが出ることはないまま翌日を迎えた。大西に会いたくなかったけれど、学校を休むわけにはいかない。重い気持ちを引きずったまま、かのんは学校へと向かった。

公園を通り過ぎ、校門へ。そしてそのまま教室に向かおうとして、かのんは違和感を覚えた。いつもならいるはずの、大西の姿がなかった。顔を合わせるのは気まずかった。けれど、いないとなるとそれはそれでどうしたのかと心配になる。風邪でも引いたのだろうか。それとも何かあって遅刻とか？

いろんな可能性をグルグルと考えているうちに教室へと着いていた。そしてそこには――友達と笑いながら話す、大西の姿があった。

「なぁんだ」

何かあったのか、なんて心配は余計なお世話だったらしい。昨日のことで愛想が尽きたのか、もう興味がなくなったのかはわからないけれど、校門の前にいなかったのは、大西自身の意思だった。

「……っ」

大西の方を見ないようにして、かのんは自分の席に着く。別に大西のことなんて気にしなければいい。告白された、あの日以前に戻っただけだ。そう思おうとするのに――。

意識しないようにすればするほど、なぜか大西のことを考えてしまう自分がいた。

「はぁ……」

「かのん、またため息吐いてる」

「え、あ、ごめん」

お弁当の卵焼きを口に入れようとする手を止めて、沙織はかのんに指摘する。ちなみにこれで注意されるのは三回目だった。ごめん、と言いながら無意識のうちにもう一度ため息を吐いてしまいそうになって、慌てて口を押さえた。

「何かあったの？　大西と」

「別に、何も……」

首を振るけれど、誰一人としてそれを信じている人はいない。

「……ねえ、私たちってそんなに信用できないかな」

沙織が吐き出すように言った言葉は、とても苦しそうに聞こえてハッとなった。沙織だけではない。志保子も知花も寂しそうな表情を浮かべているのがわかった。

「あ……私……」

「ホントはね、かのんから言ってくれるまで黙ってようと思ってたんだ。大西のことも、それから……多分、ずっと好きだった人のことも」

「え……？」

一瞬、沙織に言われたことの意味がわからなかった。ずっと好きだった人って、それはもしかして……。

「多分、ずっと好きな人がいたんだよね？　だから彼氏作らなかったの？」

「どうして、それを」

「志保子、当たりだって」

どうやら志保子の推測だったようで、沙織が言うと志保子は小さく笑った。その笑顔はどこか力なく、悲しみを含んでいるように見えた。

「言えない理由があるのかなって思って、聞くのを控えてたの。それに最近は大西のおかげで明るくなったように思えたから、もしかしたら吹っ切ったのかなとも思ってて」

「吹っ切ったって……そんな……」

「でも違ったみたい。ごめんなさい」

志保子に言われた言葉が受け入れられなくて、首を左右に振るかのんに志保子は目を伏せると謝罪の言葉を口にした。

黙り込んでしまった志保子の代わりに、知花が口を開く。

「あのね、友達だからって何でも言わなきゃいけないとは私は思わないの。言いたくないことだって絶対あるだろうし、言う必要のないこともある。でも、心配はさせて？　だって友達だから。かのんが悲しい顔をしてたり、悩んでいたりしたら心配になるよ」

「……そう、だよね」

三人の言う通りだった。勝手に自分の殻にこもって、周りに心配をかけて、いったい自分は何をやっているのだろう。

かのんは右手の拳を左手のひらでぎゅっと包み込むと、深呼吸を一つして、それから顔を上げた。心配してくれる、友人と向き合うために。

「あの、ね。小学校の頃に好きな人がいて」

かのんはポツリポツリと翔との思い出を話し始めた。楽しかったこと、嬉（うれ）しかったこと、それから。

「でも、小学校卒業と同時にお父さんの仕事で引っ越すことになっちゃって。高校を卒業したら会おうって約束したんだけど……」

「えー、ロマンチックでいいじゃん！　ね？」

同意を求めるように沙織が言うと、志保子と知花も頷いてくれる。ホッとすると同時に、本当にそう思ってくれているのかという不安が、心の中に湧き上がる。

「中学の頃ね、仲良くなった子にこの話をしたの。今の沙織たちみたいに『少女漫画みたいで素敵！』って言ってくれて、私もそれを信じて。でも……」

あのときのことを思い出すと、今でも胸が締め付けられるように苦しくなる。

「その子たちが、陰で私のことを笑ってたの。そんな約束信じて馬鹿みたいって。絶対帰ってこないよねって。なんかそれを聞いて、凄く恥ずかしくなっちゃって」

ただ純粋に、翔との約束を信じていた気持ちを踏みにじられたようで悲しかった。それと同時に、自分にとっては大切な約束でも他人からすると嘲笑の対象になるのだと恥ずかしくも思った。だからもうこの話を他の人にするのはやめようと心に誓った。翔と自分の中にだけ、約束が存在していればいいと。

「それからこの話を他の人にできなくなっちゃって。誤魔化すような……嘘を吐くような形になってしまってごめんなさい」

だからといって、友人に不快な思いをさせていいわけではない。頭を下げるかのんに、三人は黙ったままだった。

「恥ずかしいって、何？」

静寂を打ち破ったのは、沙織だった。怒ったような口調で言う沙織に、言葉足らずだったせいで誤解させてしまったと、かのんは顔を上げ、慌てて「違うの」と否定した。

「別に三人に聞かれるのが恥ずかしかったとかそういう意味じゃなくて」

「そういう意味じゃないのはわかってるよ！」

沙織はかのんの言葉を遮ると、さらに大きな声を出す。そういう意味ではないことがわかっているのなら、どうして今自分が怒られているのか、かのんにはわからなかった。

興奮する沙織の背中を志保子は落ち着かせるように撫でると、かのんに向かって優しく言った。

「沙織はね、かのんが自分の大切な思い出を『恥ずかしい』って言ったことに怒ってるのよ」

「え……？」

志保子に言われ沙織へと視線を向けると、頬を膨らませ憮然とした表情を浮かべていた。

「私も怒ってる。悪意のある言葉でかのんのことを傷つけて、そんな素敵な思い出を今まで共有してもらえなくしたその友達とも呼べない子たちに」

「志保子……」

優しく寄り添うような志保子の言葉に、目頭が熱くなる。

「かのんがさ、自分の大切な思い出をこれ以上壊されたくなくて守り続けてきた気持ちは凄くわかるよ。でもさ、私たちもう知っちゃったから、これからはその大切な思い出を、一緒に大事にさせてもらえないかな？」

知花は「なんて、ちょっと格好つけすぎちゃった？」とはにかむように笑う。その笑顔につられるようにして、沙織が、志保子が笑う。

溢れる涙を堪えることができず、頬を涙が伝い落ちる。けれど、かのんの口元は自然と綻んでいた。

「それにしてもさ」

お弁当を食べ終わり、机の上を片付けながら沙織がぽつりと呟く。

「別に高校卒業まで待たなくても会ってくれたらいいのにね」

「連絡さえないの？」

首を傾げながら尋ねる知花に、かのんは小さく首を振った。

「一か月に一度、手紙は来てる」

「手紙かぁ。でもそれも凄いよね。六年間ずっとってことでしょ？」

「ちょっと間が空いたりしてたときもあったけど、でも基本的には毎月欠かさず届いてるよ」

そういえば一度だけ、三か月ほど来なかったことがあったのを思い出す。どうしたんだろうと心配していると、そのうち何事もなかったかのように手紙が届き始めたので、きっと忙しくて忘れていたのだろうと思っていたけれど。

「何か理由があるのかもしれないね」

「理由って？」

知花の言葉に、沙織が問いかけるけれど誰もその答えがわかることはないので、黙り込んでしまう。

ただ約束をしたから、だから会わないのだとそう思っていた。けれど『理由がある』なんて言われると、少しだけ胸の奥がざわついた。

「なんかさ、たとえば会いたい人にすぐ会えるようなアイテムがあればいいよね」

「アイテムって、漫画じゃないんだから」

パッと顔を輝かせる沙織に、今度は志保子が呆れたように言った。そんな二人の会話に、かのんは自然に笑みを浮かべている自分がいることに気付いた。

もしかしたら本当は、ずっと三人に聞いてほしかったのかもしれない。翔と過ごして楽しかった日々も、友人だと思っていた子たちから傷つけられて辛かったことも、全部。

「ホントだね、そんなアイテムがあればいいのに」

クスクスと笑いながらかのんが言うと、何かを思い出したように知花が口を開いた。

「そういえば、阪急に『奇跡の電車』っていうのがあるの、知ってる？」

突然出てきた不思議な単語に思わずかのんは首を傾げる。志保子も同じ反応をしていたけれど、沙織だけが「知ってる！」と声を上げた。

「後輩が言ってた、阪急電車の『奇跡の電車』に乗ると会いたい人に会えるって。でも、あんなの噂（うわさ）でしょ？」

「まあそうなんだけど。でも、他校で本当に会えた人がいるとかいないとか聞いたよ」

「そんな都合のいい電車あるわけないって。それこそ漫画じゃないんだから。知花ってば、案外子どもっぽいところあるんだね」

「沙織に言われたくないんだけど！」

いつもと逆の立場になり、沙織に笑われムッとなる知花を見て志保子が笑う。

けれど、かのんは先ほどの話が気になってしょうがない。会いたい人に会える『奇跡の電車』。本当にそんなものがあるなら……ううん。でも翔と約束した。高校を卒業したら会うって。だから、今は――。

「気になる？」

「え？」

黙ったままのかのんに、志保子は尋ねた。

「さっきの電車の話、気になってるんじゃないかなって」

「えっと、その、ちょっとだけ」

誤魔化すようにかのんが笑うと、志保子は静かに微笑（ほほえ）んだ。

「気になることは気になる、でいいと思うよ。それに私もちょっと気になるしね。『奇跡の電車』」

「志保子も？　会いたい人がいるの？」

思わず興味本位で尋ねてしまう。そんなかのんに、少しだけ寂しそうな表情を浮かべると、志保子は言った。

「死んじゃったおばあちゃん。また会いに行くねって言ったっきり、会えないまま亡くなっちゃったの」

「そう、なんだ……」

大切な人にもう二度と会えない、そんな想像をしただけで胸が張り裂けそうなほど苦しくなる。ギュッと目を閉じたかのんに、志保子は「そんな顔しないで」と優しく言った。

「もう随分前のことなの。ちょうど高校受験で忙しくて、また今度行けばいいって、そう思ってたら、ね」

「そっか……」

「会いたいって思ったときに、会わなきゃダメなんだって思い知らされたわ」

自分の腕をギュッと握りしめながら言う志保子はとても辛そうで、なんて声をかけていいかわからなくなる。黙ったままでいると、志保子は「だから」と言葉を続けた。

「私も知りたいの、そんな電車があるなら。……ねえ『奇跡の電車』ってどんな電車なの？」

まだ揉めている沙織たちに、志保子はまるで自分が知りたいとばかりに声をかけてくれる。でも、それがかのんのための志保子の優しさだってことはわかっていた。

「んーとね、なんか阪急電車の三時三十三分に来る電車に乗ると会いたい人に会える、とかそんなんだったと思う」

思い出しながら沙織が言うと「違う、違う」と知花が否定した。

「午後三時三十三分、阪急電車の三号線に来る電車の三号車に乗ると、心から会いたいと思っている人に会える、それが『奇跡の電車』だよ」

「めっちゃ詳しいじゃん」

「べ、別に！　友達が言ってたから覚えちゃっただけで、私は……！」

からかうような沙織の言葉に、知花は顔を赤くして首を振る。そんな姿を志保子とともに笑いながら見守りながら思う。

やっぱり、翔に会いたい。会って話がしたい。元気かどうか知りたい。

三時三十三分、三号線に来る、奇跡の電車。

それに乗れば、翔に会える――かもしれない。

奇跡の電車なんて、子どもだましなものあるわけないのかもしれない。でも、もしも本当に会えるのなら、奇跡にすら縋りたかった。そしてそう思ったのは――かのんだけではなかった。

二次試験前ということもあり、学校はほぼ自由登校となっていた。補習のために学校へは向かうけれど、受験に必要ない科目の選択は自由だった。

翌日、朝から学校に来ていたかのんは、四時間目が終わるとまだ残るという志保子たちに帰ると告げるために席を立った。

「私、午後は出ずに帰るね」

「そっか、わかった」

「いいなー、私も帰りたい」

頷く志保子と、頬を膨らませる沙織に手を振ると、入り口近くに座っていた知花のもとへと向かった。

「知花、私今日はそろそろ帰る――。……知花？」

かのんの声が聞こえていないように、知花はボーッと遠くを見つめていた。机の上には一時間目の授業で使った数学の教科書が開いたままになっていた。

「知花？　大丈夫？　具合でも悪い？」

「え、あ……」

机の前にしゃがみ、顔を覗き込んだかのんにようやく気付くと、知花は驚いたように顔を上げた。

「かのん……？　どうかした？」

「ううん、私午後は出ずに帰るねって声をかけにきたんだけど……。知花こそどうかしたの？」

「……うん」

頷きはするものの、何かを言い出す様子はない。

「……聞かない方がいい？」

「あ、や……そうじゃ、ないんだけど……」

知花自身もまだ混乱しているような、そんな口ぶりだった。

「……話したくないなら、聞かない。でも、私は三人に話を聞いてもらって凄く楽になれたから。もしも知花が話したいって思ってくれるなら、いつでも聞くよ」

「かのん……。うん、ありがとう」

気付けば、どうしたのかと志保子や沙織も心配そうな表情を浮かべて、知花の席へとやってきていた。

「大丈夫？」

「どうかしたの？」

「あ……。うん、そうだね……。少しだけ、話、聞いてもらおうかな」

そう言って力なく口角を上げる知花は、いつもの明るくて快活とした姿からは想像もつかないほど弱々しく見えた。

「……どこから話したらいいかな。うちの猫がね、一ヶ月ぐらい前にいなくなったの」

教室で話すと目立ってしまう。かのんは購買で買ったパンを、知花たちはお弁当を持って中庭へと向かった。北風が吹きすさぶ中庭で昼ご飯を食べる人は、かのんたちの他には誰もいなかった。

ベンチに座り膝の上に弁当を広げたけれど、知花はお箸を持つこともなく、ポツリポツリと話し始めた。

「よく、言うでしょ。猫が姿を消すのは——って。だから、私も家族もみんな聖夜(せいや)——あ、うちの猫の名前、聖夜っていうんだけど……。心のどこかでもう聖夜には会えないんだって、覚悟を決めてた。でも……昨日『奇跡の電車』の話をして、もしかしたらその電車に乗れば聖夜に会えるんじゃないかって、そう思っちゃって」

唇を噛(か)みしめ黙り込んだあと、知花は再び口を開いた。

「それで、昨日行ったの。『奇跡の電車』に乗りに」

「嘘(うそ)……」

「それで……？」

そんなものあるわけなかった。だから知花は今、こんな辛そうな表情をしているんだ。

口には出さないけれど、志保子も沙織もかのんと同じように思っているのが手に取るようにわかった。けれど――。

「いたの」

「え？」

「電車の中にね、ちょこんと聖夜が座ってたの。見間違えたのかと思った。でも首輪も付けてて、いつもみたいに眠そうに『な――っ』って鳴いてたの」

「それ、は……」

たまたま聖夜が迷子になっていて、たまたま乗った阪急電車で再開することができた。それがどれほど低い確率の上で起きるのか。かのんには想像もできないけれど、それ以外に説明はつかない。

そんなかのんたちの考えが伝わったのだろう。知花は静かに首を振った。

「あれは本当に『奇跡の電車』なんだよ。私に、最期に聖夜と会わせてくれたの」

「どうして、そう思うの？」

あまりに断定して言う知花の言葉に、思わず問いかける。知花は目を閉じると、そのときのことを思い出すように続きを話し始めた。

「……連れて帰ろうと思ったの、電車の中にいた聖夜を。電車の扉が閉まるよりも先に、聖夜を連れて戻ってこようって。でも、聖夜は私が電車を降りる瞬間、腕の中からひらりと飛び降りて……閉まる扉の向こうに降り立ったの。何度も『帰ってきて』って叫んだ。でも、聖夜はまるで外の世界はもう、自分の生きる世界じゃないとでも言うかのように、電車の中から静かにこちらを見つめてた」

知花の言うことを信じてあげたい。でも――。

「でも、そんなの偶然かもしれないじゃん。聖夜が知花ちゃんの手から逃げちゃっただけ、みたいなさ」

どうしても信じることができないのか、ううん、信じたいという思いからか、沙織は疑問を口にした。そんな沙織に、知花は寂しそうに微笑んだ。

「……帰ったらね、いたの。聖夜が。軒下で冷たくなってるのをお母さんが見つけたんだって。何回捜してもいなかったのに、昨日もう一度見てみたらいたんだって……。もう動かなくて、でも私が帰ってきてって言ったから……きっと帰ってきてくれたんだって、そう……」

知花はボロボロと涙を流す。その姿に、かのんたちはもう何も言うことはできない。ただ、涙を流し続ける知花に寄り添うことしかできなかった。

結局、みんな揃って五時間目は欠席し、知花たちは六時間目から教室へと戻った。

かのんは予定よりも一時間遅く学校を出た。

かのんの通う槻の森高等学校から高槻市駅までは歩いて十分ほどの距離だ。市内に住んでいるので、通学で電車を使うことはなく、たまに京都や梅田に出るとき以外で、駅に来るといえば友達との待ち合わせぐらいだった。

予定では、このまま自宅へと帰るつもりだった。でも、知花の話を聞いて、足は自然と高槻市駅へと向かっていた。

改札の中に入るために切符を買おうとするけれど、一体どこに向かう電車に乗るのかも、どこに行くのかもわからない。そもそも三号線には大阪梅田と天下茶屋方面に向かう電車が来るはずだ。けれど、電光掲示板には三時三十三分発の電車なんて表示されていなかった。

とりあえず、大阪梅田までの切符を購入すると改札の中へと足を踏み入れた。

大阪梅田方面へと向かうホームは、ちょうど特急電車が出た直後だったらしく、閑散としていた。ホームに止まっていた準急大阪梅田行きの電車も発車し、かのんだけがポツンと取り残された。向かいのホームには京都方面へ向かう人がたくさんいて、賑わっている中で、まるでホームを間違えたかのように突っ立っている自分が妙に恥ずかしく思えて俯く。

こんなところで何をしているんだろう。この時間を利用して受験勉強をすればいいのに、卒業式まで待てば会えるというのに『奇跡の電車』なんて信じて――。

ふと、自分の足下が霞んでいることに気付いた。雨や雪の予報はなかったけれど、霧でも出たのだろうか。

そっと顔を上げると、足下どころか辺りにはモヤが立ち込めていて、先ほどまで見えていたはずの京都方面行きのホームは見えなくなっていた。代わりに、電車の到着を知らせるメロディがホームに響いた。まさか。

そんなことあるわけない、そう思いながらも呆然と立ち尽くすかのんの目の前に、マルーンカラーの電車が到着した。三時三十三分に三号線に入ってくる電車。目の前のドア横に表示されている車両番号は『3』。それは沙織と知花が言っていた『奇跡の電車』と合致していた。

開いた電車の扉から中を覗き見るけれど、ホームと同じようにモヤがかかっていて様子を窺うことができない。

入っても大丈夫なのだろうか。一抹の不安が頭をよぎる。そもそも電光掲示板にも表示されていない電車に乗っても本当に大丈夫なのだろうか。

知花は乗ったと言っていたけれど、電車が発車するよりも先にホームへと降りたと言っていた。もしも電車に乗ってこのドアが閉まってしまえば、もう二度と帰ってこられないかもしれない。そんなことになれば、翔にも会えなくなってしまう。

「やっぱり、やめよう」

そうだ、こんなことしなくても卒業すれば翔には会える。会えるはずだ。でも。

『会いたいって思ったときに、会わなきゃダメなんだって』

志保子の声がよみがえる。会いたいときに会わなければ、後悔することになると、志保子はそう教えてくれた。

引っ越し先も連絡先も知らないかのんが翔に会う手段は、今この瞬間この電車しかないのだ。

電車の発車を知らせるベルがホームに鳴り響く。かのんは——閉まりかけた扉に、覚悟を決めて飛び込んだ。

車内は外から見たよりもモヤが凄くて、他に乗客がいるのか確認することはできない。電車が動き出し、車体が揺れる。空いている席を探そうと、辺りを見回したそのとき、高校の制服だろうか、学生服を着てつり革を持つ一人の男子の姿が目に入った。

その瞬間、かのんは息が止まるかと思った。記憶の中の姿よりも背は伸びていて、子どもらしい丸みはなくなり、代わりに骨っぽさが伝わってくるような体つき。けれど、横顔はあの頃の面影が残っていて、一目で翔だとわかった。

「か、ける」

絞り出した声は、電車が揺れる音に掻き消されて翔までは届かない。かのんは必死に声を振り絞った。

「翔！」

「……え？」

かのんの呼びかけに、その人は——翔は振り返った。

「かのん……？」

「翔！」

驚いたような表情を浮かべた翔は、かのんの姿を見て目を瞬（しばた）かせた。

立ったまま話すのも、と横並びの席に移動する。二人がけの席も空いていたけれど、六年ぶりに会って、あの至近距離に座り話をする勇気はかのんにはなかった。

そっと隣に座る翔の姿を見る。翔は黙ったまま俯いて、組んだ指先を見つめていた。

「ひ、久しぶりだね」

「え、ああ。うん、そうだな」

六年前はまだ子どもっぽい声だったのだけれど、声変わりを経て男の人の低い声となっていた。

「まさか、本当に会えるなんて……」

「何か言った？」

「あ、ううん。なんでもない」

不思議そうな表情を浮かべる翔に、慌てて手を振って誤魔化（ごまか）した。『奇跡の電車』なんて言っても信じてもらえないかもしれない。

電車の揺れに身を任せながら、このままずっとこうしていられればいいのにと思ってしまう。でも、電車がいつ次の駅に着くかわからない。もしかすると、翔がそこで降りてしまう可能性だってある。せっかく会えたのに、何も伝えられないままなんて嫌だ。

「……あのね」

自分自身の左腕を右手でギュッと握りしめる。心臓がドクドクと音を立てて鳴り響いているのがわかった。

「翔に、会いたかった」

「……っ」

かのんの言葉に翔は戸惑ったような表情を浮かべ、それから小さく頷いた。

「ほら、翔ってば卒業式のあとすぐに引っ越しちゃって、それっきり会えなかったでしょ。やっぱり無理矢理にでも引っ越し先とか聞いておけばよかったなってあのあと凄く後悔したんだ」

何も言わない翔に、かのんは矢継ぎ早に話しかけてしまう。緊張を誤魔化すかのように、沈黙が訪れるのを怖がるように。

「翔、身長伸びたよね。私はあんまり伸びなかったんだよね、いいなー、今何センチ？」

「え……わかんない。最後に測ったときは百七十……七？　とか、それぐらいだったと思う」

「えー、いいなー。私より二十センチも大きいじゃん」

隣に並んでも、肩の高さが全然違う。昔は変わらないぐらいの背丈だったのに、時間の流れを感じてしまう。

「小学校の頃はさ、二人ともちっちゃかったから翔だけそんなに大きくなるなんて想像もしなかったよ」

「そうかな。昔のことは忘れちゃったよ」

「えー、ホント？　ほら、木にサッカーボールが引っかかったときもさ」

かのんが笑いながら思い出話をしようとするけれど、翔は「いいよ、そんな昔のこと」と話を遮ってしまう。

「それよりさ、俺が引っ越してからの話聞かせてよ」

「引っ越してからの？」

「そう、俺が知らない話、聞かせて？」

二人であの頃の話をしたかったかのんとは反対に、翔は最近のかのんの話を聞きたがる。

不思議に思ったけれど、尋ねられるがままに話を繰り広げていく。

「高校はどこに行ったの？」

「槻の森に進学したよ」

「進学校じゃん、凄いね」

翔に褒められて、くすぐったい気持ちでいっぱいになる。

「翔は？　なんていう高校に進学したの？　と、いうか今何県に住んでいるの？　引っ越し先がどこなのか、そろそろ教えてくれてもいいんじゃない？」

「あー……今は、大阪に戻ってきてるんだ」

「え？　ホントに？　なら、もっと早く連絡くれればよかったのに」

翔の言葉に、かのんはつい子どものように頰を膨らませてしまう。そんなかのんに「色々あってね」と翔は言葉を濁した。色々、が何かを聞くのはダメだろうか。翔が話してくれるまで待った方がいいのだろうか。

どうしようかと悩んでいると、翔がふっと笑った。

「顔に出すぎ」

「え、あ、ごめん」

慌てて頰を両手で押さえたかのんを見て、翔はもう一度柔らかく微笑んだ。

「身内にね、不幸があって。それでこっちに帰ってきたんだよ。バタバタしてて連絡できなくてごめんな」

「そう、なんだ。辛いこと聞いちゃってごめん」

かのんの配慮がなかったせいで、翔に言いたくなかったであろうことを言わせてしまったのが申し訳なくて、思わず俯いてしまう。けれど、翔は「大丈夫だよ」と優しく言った。

「ね、俺からも聞いていい？」

そう言う翔に、かのんは顔を上げる。一方的にかのんが話しかけ続けていたので、翔の方から質問を投げかけてもらえるのが嬉しかった。

「もちろん、何でも聞いて！」

「花音は、誰かに告白されたりしてないの？」

「え……」

翔の質問の意味が一瞬理解できなくて、かのんは言葉に詰まる。けれど、そんなかのんの反応を肯定だと受け取ったのか、翔は小さく笑った。

「されたんだ」

「さ、れた、けど、断ったよ」

「どうして？」

「どうしてって……」

どうしてそんなことを聞かれるのか、わからない。でも――。

かのんは身体の向きを変えると、翔に向き直った。真っ直ぐにその顔を見つめると、覚悟を決めた。

「翔のことが好、き……だか、ら……」

心臓の音がうるさい。かのんは思わず目を閉じた。

好きな人に気持ちを伝えることが、こんなにも緊張することだなんて想像もしていなかった。子どもの頃、簡単に口に出せていた『好き』の二文字が、いつの間にか重くて特別なものへと変わっていた。

今、翔はどんな表情をしているのだろう。何を思っているのだろう。確かめるのが怖くて、でもどうしても見てみたくて、固く閉じた瞼(まぶた)を恐る恐る開ける。隣に座った翔は――苦しそうな表情でただ前を見つめていた。

「翔……」

「……ん」

「なんて、ね。変なこと言ってごめん！　あ、そうだね！　そういえばこの前、学校でね」

かのんは慌てて話を変えると、先日学校であった面白い話を翔にする。「そっか」と相づちを打つ翔の表情が柔らかくなったのを感じてホッとする。あんな顔をさせたかったわけじゃない。でも、それでも、胸の奥にはチリチリとした痛みが残り続けた。

しばらく取り留めのない話をした。過去の話はしたがらない翔だったけれど、かのんが今どうしているかを話すと嬉しそうに話を聞いてくれる。本当は今の翔の話も聞きたかったけれど、身内に不幸があったと言っていたから聞くのが憚(はばか)られた。

やがて車内には、電車が駅へと到着するというアナウンスが流れた。大阪梅田方面へと向かうホームに来た電車だから当たり前なのかもしれないけれど、次は十三(じゅうそう)に到着するらしい。

翔はどこに向かうつもりなのだろう。チラリと隣に座る翔を見ると、ちょうど目が合った。

「え……」

「ねえ、かのん」

翔はかのんの名前を呼んだ。

「俺はもう、高槻には帰らない」

「え……？」

言われた言葉の意味が、一瞬理解できなかった。それでも家の都合なら仕方がないと、かのんは取り繕うような笑顔を貼り付けて頷いた。

「そ、そうなんだ。今、大阪に戻ってきてるって言ってたけど高槻とは別なの？　あ、もしかして今家に帰るところ？」

「いや、そういうわけじゃないけど……」

歯切れの悪い翔の言葉に、嫌な予感が大きくなる。声が震えそうになるのを必死に堪(こら)えて、翔に尋ねた。

「約束、は？」

高槻に戻らないだけで、会いには来てくれる。そう信じたかった。けれど、翔の返事は今のかのんにとって残酷なものだった。

「……なんのこと？」

「え……？」

「約束、なんかしてたっけ。忘れちゃったよ」

「そんな……！」

「本当はもうかのんに会うつもりもなかった。手紙も、もう送ることはない」

翔がどうしてそんなことを言うのか、かのんにはわからなかった。

「だから約束のことも、俺のことも全部忘れて、その告白してくれたって奴と付き合えばいいよ」

「かけ……っ」

涙が溢れて、すぐそばにいるはずの翔の姿がぼやけて見える。今、翔がどんな表情をしているのか、手を伸ばせば届くほどの距離にいるのに、何を考えているのかわからない。

電車がホームへと入るため、スピードを緩めた。やがて到着を知らせるアナウンスが流れ、扉が開く。

「え、待って」

翔はかのんの腕を掴むと、席を立たせた。そして——その背中を押すと、電車からかのんをホームへと押し出した。

「もう会うことはないけど、元気で」

「翔！　待って！」

「さよなら、幸せになってね」

翔が言い終わるが早いか、扉は音を立てて閉まった。ホームに残されたかのんは、走り出す電車を慌てて追いかけた。けれど、電車が止まることも、追いつけるわけもなく、ホームの一番端で通り過ぎる電車をただ見送り続けることしかできなかった。

「かけ……る、どうして……」

さよならの理由がわからなかった。何か嫌われるようなことを言ってしまっただろうか。もう会いたくないと思われるようなことをしてしまったのだろうか。溢れ出る涙を拭うこともできないまま、せめて理由が知りたいと必死に自分の行動を思い出す。

けれど、考えても考えても答えが出ることはない。ただ一つわかっているのは、翔に嫌われて、もう会いたくないと、そう思われてしまったということだけ。

「っ……く……どう、し……」

ホームの端で泣き続けるかのんを、少し離れたところから駅員が心配そうに見ているのがわかったけれど、その場を動くことができない。

どれぐらいそこで泣き続けていただろうか、ポケットの中でスマホのバイブ音がした。ボーッとした頭でスマホを取り出す。触った拍子に通話ボタンが押されてしまったようで、スマホから聞き覚えのある声がした。

「かのん？　今どこに——かのん？」

「っ……あ……」

「泣いて、るの？」

　スマホの向こうから聞こえたのは、大西の心配したような声だった。その声に、なぜか安心してしまい、さらに涙が溢れてくる。

「おお、に……わた……」

「大丈夫だから、ね、今どこにいるの？」

「十三の、ホーム……」

「わかった、今すぐに行くからそこを動かないで」

　かのんの返答を待つことなく、通話は切れてしまう。一瞬、何を言われたのかわからなかった。

「今すぐに、行く……？」

　おぼろげな記憶を頼りに、大西の言葉を反芻する。まさか、そんなことあるわけない。あるわけないと、思うのだけれど。

　数分後、十三に入ってきた電車から大西が降りてくる姿を見たとき、どうしてかホッとしてしまった。そんな自分の感情に戸惑いを隠せなかった。

「かのん！　大丈夫か？　いったい何があったんだよ」

「おお、にしく……ん、なんで……」

「なんでって……今すぐ行くって言っただろ？」

「でも、だからって」

さすがにさっきの今で十三まで来るのは早すぎる。そんな疑問を抱いたかのんに「とりあえず座ろうか」と言うと、大西はかのんを立たせ、近くのベンチに座らせた。

何かを言おうとしては口を閉じる。不自然な行動を繰り返したあと、大西は観念したように口を開いた。

「その、学校から焦ったようにかのんが出て行ったから心配で、あとをつけたんだ」

「え？」

「いや、自分でも気持ち悪いと思うんだけど、なんか思い詰めたような表情だったから、俺が言ったことで追い詰めてしまったんだったらと思ったら、つい」

心底申し訳なさそうに言うと、大西は話を続けた。

「そしたら阪急の駅に向かうからさ。慌てて追いかけたけど、もうホームにかのんはいなくて。けど、どうしても心配だったから特急で追いかければ間に合うかなって思ってちょうど来た電車に飛び乗ったんだ。何にもなければ帰ればいいやって。でも、電話の向こうでかのんが泣いてたから……」

もう一度「ごめん」と謝ると、大西は頭を下げた。たしかにやりすぎなところはあったのかもしれないけれど、全てかのんを想(おも)っての行動だったから。

「ううん、そこまで心配してくれてありがとう」

「かのん……」

ほんの少しだけどうにか口角を上げてみせると、大西は安心したような表情を浮かべ、それから真っ直ぐにかのんを見つめた。

「それで、何があったんだよ」

「あ……」

「なんでもない、なんて言うなよ。目を赤く腫らして言ったって、何の説得力もないんだからな」

ぐっと言葉に詰まる。話すべきかどうか悩んでいると、大西は少しだけ寂しそうな表情を浮かべた。

「俺じゃ、ダメか？」

「何を言って……」

「俺じゃ、かのんが辛いときの支えにはなれない？」

優しくてあたたかくて、一言一言にかのんへの思いが込められた大西の言葉に、胸が苦しくなる。その言葉をどうして。

「どうして、大西君が……」

「かのん？」

「っ……く……っ」

止まっていたはずの涙が、再び溢れ出す。

「どうして、翔じゃなくて、大西君が優しくしてくれるの……」

「かのん……」

泣きじゃくるかのんの背中を、大西は優しく撫で続ける。そんな大西の優しさに、さらに涙が溢れてくる。

「前に、ね……言ってた好きな人と、会ったの」

「は……？」

驚いたような声を上げる大西に『奇跡の電車』のことを話す。

「本当に会えるなんて思わなかったから、ビックリしちゃった」

大西が衝撃で言葉を失っているように見えて、かのんはわざと明るい声で言った。けれど。

「まさか、そんなこと」

「大西君？」

「そんなこと、あるわけない」

焦ったような口調で大西は言う。信じられなくても無理はない。こんな荒唐無稽な話、信じろと言う方がどうかしている。

「信じられないよね、私も最初は……」

「翔に会えるなんて、そんなこと……会えるわけないんだ」

けれど大西がうわごとのように呟いた言葉は、かのんにとってもありえない内容だった。

「どう、して？」

今まで、かのんは大西の前で翔の名前を、口にしたことはない。なのに、どうして大西は翔の名前を口にすることができたのか。

そういえば、あのときも大西は『好きな奴のことは、今でも本当に好きなの？』『相手の奴は今でもかのんのことを好きなの？』と言っていた。まるで、かのんが翔に会えていないのを知っていたかのように。

あのときの違和感の正体はこれだったんだ。

心の中に湧き上がった疑問を、かのんは大西にぶつけた。

「まさか……大西君は、翔を、知ってるの……？」

「あ……っ」

自分の失言に気付いたのか、大西は顔色を変えた。目を逸らそうとする大西を、真っ直ぐに見つめると――もう逃げられないと観念したのか、大西はポツリと呟いた。

「翔は……俺の母方のいとこ、なんだ」

「いとこって……そんな偶然……」

驚くかのんとは反対に、大西は気まずそうな、後ろめたそうな表情を浮かべていた。まさか。

「最初から、知ってたの？　私が好きな人が、翔だって」

「………」

その無言は、誰が見ても肯定でしかなかった。

「知ってて、私に告白したの？　からかってたの？」

「違う！　……翔に聞いて、かのんのことを知ってたのは、その通りだよ。でも、俺が俺の意思でかのんを好きになって、かのんに告白した。それはウソじゃない！」

その表情が、態度が、嘘(うそ)を吐(つ)いているようには思えなかった。でも、だからといって今のかのんには、素直に信じられるだけの気持ちは残っていない。

「……黙ってたこと、怒ってる？」

「怒っては、ない。けど……」

「騙(だま)されてたって思われても仕方ないよな……。でも、しょうがなかったんだ」

「しょうがないって、何が……？」

かのんの問いかけに、大西は再び黙り込んでしまう。何か理由があったのかもしれない、でも、今はもうそんなことどうでもいい。それよりも、大事なことがかのんにはある。

「会わせて」

「え？」

「翔に会わせて。いとこならできるでしょ？」

「それは……できない」

かのんの頼みに、大西は辛そうに言うと静かに首を振った。

「なんで!?　どうして会わせてくれないの!?」

大西が何を考えているのかわからなかった。優しい言葉を言ってくれたり心配してくれたりしたかと思いきや、こうやって意地悪を言う。振り回されているのだろうか。からかって遊ばれているのだろうか。

でも、目の前で自分の手をきつく握りしめる大西の姿は、そんなことをしているようには見えない。ただただ苦しんでいるように見えて仕方がない。

「何か、あるの？」

「………………」

「会わせてもらえない理由が、あるの？」

大西はかのんの方を見ることなく頷くと、ぽつりぽつりと話し始めた。

「翔は、親の仕事の都合で転校するって、かのんには言ってたんだっけ？」

「そう、お父さんの仕事の都合でって」

「……それ、ウソなんだ」

「ウソ……？」

今まで信じていたものが、足下から崩れ落ちるような、そんな感覚になる。

父親の仕事の都合で転校することになった、それが嘘ならいったいどうして翔はかのんの前から姿を消したというのだろうか。

「小六の冬休みに、怪我をして病院に行ったことがきっかけで、あいつの身体に悪性の腫瘍があることがわかったんだ」

「悪性の腫瘍って……まさか……」

「ガンって言った方が、わかりやすいかな」

「そんな……！　ウソ！」

信じることができなくて、どうしても信じたくなくて、かのんは大西の言葉を否定する。声を荒らげるかのんに、大西は悲しそうに目を伏せた。

「俺も、家族もみんなウソであってほしいって、そう思ったよ。でも、日に日に体調は悪くなって、手遅れになる前に入院をって言われて、それでもどうしても小学校だけは通っているところで卒業したいからって言い張って。結局、小学校卒業して翌日から翔は入院することになったんだ。俺の家に近い病院だったから、ちょこちょこ顔を出してたんだけど、変わったことを言うんだ。『俺も学校に行きたいな』って。それで俺は聞いたんだ。『なんで？』って。そしたらあいつ、照れくさそうに笑いながら『好きな子がいるんだ』って言ってたよ」

「まさか……」

「そう、かのん。君のことだよ」

自分の片思いだったのかもしれないと、翔にとっては自分との約束なんてたいしたことでもなかったんだって、そう思い込もうとしていた。でも、翔も同じ気持ちだった。同じように、会いたいと思ってくれていた。それだけでかのんの胸はいっぱいになる。

「だから同じ学校にいるって知ったときは『この子が翔の好きな子か』って本当にそれだけだったんだ。あの頃は、まさか好きになるなんて思ってなくて……。翔が喜ぶから、かのんのことを見かけたら『今日はこういうことをしてたよ』って翔に話してたんだ。本当にただそれだけだった。なのに」

苦しい気持ちを吐露するかのように、大西は話し続けた。

「症状が酷くなって、だんだん身体が弱ってくると、翔が言うんだ。『かのんは凄くいい子だから、きっと話せば玲音も好きになるよ』って。まるで俺の中に芽生え始めたかのんへの気持ちを見透かしているみたいに。『お前みたいな奴なら、かのんのこと安心して任せられるのに』って」

「そんな……」

翔の言葉は、自分がいなくなったあともかのんが笑っていられるように、安心していられるようにと、そんな思いが込められているように思えた。

「まさか、嘘だよ。だって、手紙！　そう、手紙がずっと届いてた！　翔の言葉で、翔の文字でずっと……！」

「……あれは、翔に頼まれて、ずっと俺が出してたんだ。翔が書けなくなってからは、俺が代筆して、ずっと……」

大西の言葉に、かのんはその場に崩れ落ちた。たしかに大西の字を見たときに、翔のと同じぐらい綺麗な字を書くなと思ったことがあった。でもまさか翔の手紙を代筆していたなんて思ってもみなかった。

ずっと信じていたものが、全て壊されていく。

「かのん！」

「やっ、触らないで！」

差し出された大西の手を、思わず振り払う。もう何を信じていいのかわからなかった。

「じゃあ、あれは全部ニセモノだったの……？　翔から毎月手紙が届いてるって、そう思っていたのに、全部大西君が……」

「ニセモノなんかじゃない。あれは正真正銘、翔がかのんのために書いた手紙だよ」

「どういう……？」

見上げるかのんを苦しそうな表情で見つめたまま、大西は前髪をぐしゃっと掻き上げて、それから言葉を吐き出した。

「頼まれたんだ。代わりに出してくれって。最初は自分で病院内のポストに出しに行ってたんだけど、それも難しくなって……。親には恥ずかしくて頼めないからって言って」

「そんな……」

「病気が進行して、身体が起こせなくなってからは代わりに書いてほしいって言われて俺が代筆してた。鉛筆を握ることさえも難しくて、今の自分じゃ書けたとしても心配させてしまうからって。でも最後まで文面は自分で考えてたよ。俺がちょっとでも余計なことを言ったら『口出すな』って凄く怒ってさ」

目を伏せて懐かしそうに大西は話す。けれどそんな大西とは対照的に、かのんはショックと驚きで言葉を失っていた。

――それと同時に、おかしなことに気付いた。

「待って、でもおかしいよ」

「おかしいって何が？」

「大西君が翔の代わりにポストに入れてたんだとして、どうして今も手紙が届くの？　だって、大西君の言うことが本当だとしたら、翔は、今はもう――」

どうしても最後まで言い切ることができなかった。まだ自分の中で信じたくない気持ちが大きかった。けれど、そんなかのんに大西は静かに口を開いた。

「翔が死んで、俺の役割ももう終わりだと思ってた。でも、翔からの手紙が届かなくなって、かのんが悲しむかもしれないって思ったら……」

「まさか」

「ごめん」

大西は、静かに頭を下げた。

どうして、とかなんでそんな酷(ひど)いことを、とかいろんな言葉が喉元まで出かかって、でも結局どの言葉も口をついて出ることはなかった。目の前で頭を下げ続けながら、握りしめた拳を震わせている大西を見れば、面白半分でやったわけじゃないことはわかる。それどころか、全てかのんのためだったことも。そんな大西を責めることなんてできなかった。

大西が翔のフリをしてかのんに手紙を送ったように、『奇跡の電車』の中で、翔が言った言葉も、自分のことなんて嫌いになって、忘れて、かのんが前を向いて歩いていけるようにという優しさだったのかもしれない。

でも、そんなのって。

「勝手すぎるよ」

「かのん？」

「だって、そうやって全部自分が抱え込んだら、翔は満足かもしれない。でも、いろんな思いを託された大西君の気持ちは？　何も知らされず、蚊帳(かや)の外のまま勝手にいなくなられた私の気持ちはどうなるの？」

全て翔の優しさなのかもしれない。でも、そんな優しさなんてもらってもかのんは嬉(うれ)しくない。苦しくても辛くてもちゃんと翔と向き合いたかった。悲しくても翔の死を受け止めたかった。

「……私、もう一度翔に会いに行く」

「だから、翔はもう――」

「明日、もう一度『奇跡の電車』に乗る。そこで翔に会って、言わなきゃいけないことがあるから」

このままお別れなんて、かのんにはどうしても受け入れられなかった。

「……俺も、ついていこうか？」

心配そうな大西に、かのんは静かに首を振る。

「これは、私と翔のことだから」

「そ……っか、そうだよな……」

そう言って大西は口角を上げて笑ってみせるけれど、その目があまりにも辛そうで、気付けばかのんの口は動いていた。

「電車の前まで」

「え？」

「……電車の前まで、ついてきてもらっても、いいかな、本当は、少しだけ不安なの」

「俺で、いいの？」

大西の言葉に、黙ったままかのんは頷いた。そんなかのんに大西は、泣きそうな顔で微笑んでみせた。

翌日、五時間目が終わりかのんは教室を出る。その隣には、大西の姿があった。

心臓がうるさいぐらいに鳴り響く。会ってしまえば、翔との時間にきっと終わりがきてしまうことはわかっていた。それでも会いたかった。会ってどうしても伝えたかった。

「え……」

左手に何かが触れた感覚に、思わず視線をそちらに向けると、かのんの左手は大西の右手に包み込まれていた。

「な……」

「がんばるためのおまじない」

「おまじないって……」

大西は、優しい口調でかのんに言う。

「駅に着くまでの間だけだから。こうしてれば、一人じゃないって思えるだろ。一人なら逃げ出したいぐらい怖くて不安でも、二人ならきっと大丈夫だから。……でも、もしもどうしても嫌だったら、振りほどいて」

手は優しく包み込まれていて、振りほどこうと思えば振りほどけた。でも、繋いだ手のぬくもりから、大西の優しさが伝わってくるようで。

「……っ」

左手にほんの少しだけ力を込める。掴(つか)まれているのだけではなく、かのんからも繋ぎ返すように。勇気をくれるぬくもりに、応えるように。

そのまま高槻市駅へと向かう。言葉を交わすことはない。でも、一人じゃないと伝えてくれるから、駅へと向かう足取りはさっきよりもほんの少しだけ軽く感じた。

高槻市駅のエスカレーターを上がり、切符を買う。行き先は昨日と同じ、大阪梅田。時計の針は三時三十分を示していた。不安な気持ちを誤魔化(ごまか)すように、繋いだ手に力を込める。そんなかのんの思いをわかってか、大西も握り返す手に力を込めた。手のひらを通じて、ぬくもりが伝わってくる。たったそれだけのことなのに、こんなにも心強いなんて。

改札を通り抜けると、三号線のホームへと向かった。準急が発車し、誰の姿も見えない。やがて、昨日と同じようにホームにはモヤが立ち込め始めた。

隣にいたはずの大西の姿も見えなくなる。繋がれていたはずの手も、いつの間にかほどけてしまっていた。

「あ……」

ここからは、一人だ。一人で頑張らなくては――。

「かのん！」

どこからか、大西の声が聞こえた。声の出所はわからない。でも、たしかに大西はいた。

「くそ、どこだよ。かのん！　見えなくても、俺はそばにいるから！　泣いたらまた泣き止むまでそばにいるから！　だから安心して自分の気持ちをぶつけてこい！」

先ほどまで繋いでいた左手を、自身の右手でぎゅっと包み込む。そうだ、自分は一人ではない。背中を押してくれる友人も、こうやって心配してくれる人だっている。

三号線のホームに、電車の到着を知らせるメロディが鳴り響き、そして目の前にマルーンカラーの車体が姿を現した。時刻は三時三十三分。車両番号は『3』。それは紛れもなく『奇跡の電車』だった。

昨日と同じように、モヤがかかった車内に足を踏み入れる。背後で扉がしまり、電車は静かに動き出した。周りを見回しても、他の乗客の姿は見えない。もちろん翔の姿も。

今日も乗っているだろうか。心から会いたいと願えば会える電車。でも、それは本当に一方だけの思いなのだろうか。一方は会いたいと思っていても、もう一方は会いたくないと思っていることだってあるはずだ。それなら、もしかすると『奇跡の電車』は双方の思いが重なったときに、初めて姿を現すのかもしれない。

もしそうだとしたら、きっともう二度と翔とは会えない。だって翔は、もうかのんには会うつもりはないのだから。

誰も乗っていないガランとした車内が、翔の気持ちのように思えて胸が痛くなる。かのんへの想いが空っぽになった翔の心のようで――。

「……振り向かないで」

「……っ」

すぐ後ろから、誰かの声が聞こえた。振り返らなくてもわかる。待ち焦がれた、大切な人の声。

「昨日は、ごめん」

翔はポツリと言った。その表情は見えないけれど、後悔を滲ませる声のトーンに、かのんは「大丈夫だよ」と伝えたくて静かに首を振った。背後で、ホッとしたように息が漏れたのがわかった。

「どこから話せばいいのかな。ああ、それよりも。ウソをついていなくなったこと、本当にごめん」

「……病気だったって、大西君から」

「玲音か。あいつ話しちゃったのか。まあ、しょうがないよね。そう、小六の冬休みに怪我で病院に行ったら、なんか病院の先生たちが慌てだして。子どもだったからさ『早く帰りたいなー』とか思ってたら『このまま入院してもらいます』なんて言われてさ。そのまま冬休みは潰れるし、中学に上がるタイミングで院内学級のある大きなところに転院して、学校もそっちに籍を置いてもらうとか言われて、ほんっと意味わかんなくて」

そういえば、六年の三学期、翔がインフルエンザやノロに立て続けにかかったといって、よく学校を休んでいたのを思い出す。『また休みかー』なんて暢気に思っていた自分を叱り飛ばしたい。

「なんで俺だけがこんな目に遭わなきゃいけないんだってずっと思ってた。かのんと一緒に中学に進学して、高校生になる前には告白とかもしたりして、さ。初デートはどこに行こうかなとか、クリスマスには何をあげたら喜ぶかな、とか。当たり前に来ると思ってた未来が、全部奪われたような気持ちになって、凄く凄く苦しかった」

「翔……」

きっと翔の気持ちを全てわかろうだなんてことは、おこがましくて。それでも想像しただけで、涙が溢れそうになる。思い描いていた未来が、一瞬にして黒に塗りつぶされたような、そんな悲しみと虚しさに心が壊されてしまう気がした。

「卒業式の日、かのんに言ったよね。高三の卒業式のあと、城跡公園で会おうって。……あのとき、俺の五年生存率は三パーセントだって言われてたんだ。だからそれを乗り越えて、元気な姿でかのんに会いたいって。かのんに会うためなら、辛い治療も頑張れるってそう思って、あの約束をかのんにしたんだ」

「それじゃあ……」

「忘れてなんかないよ。あの約束は、俺にとって治療を頑張るための支えだった。かのんにもう一度会いたい、会って話がしたい。今度こそちゃんと気持ちを伝えたい。その思いだけで、ずっと辛い治療にも耐えてきた。かのんは、俺の希望だった」

翔は、こんなにも思ってくれていた。約束も、かのんのことも忘れていなかった。それが嬉しくて、どうしようもないほど辛かった。

どれだけ思ってくれても、どれだけ思っていても、もう翔に会うことはできない。もう同じ時を歩むことはできない。この奇跡の電車の中でだけ、こうして翔と話をして一緒にいることができる。

――ずっと、ここにいられたらいいのに。ずっとこうして、翔と一緒にいたい。

誘惑が、胸の中に湧き上がる。そんなかのんの心の中を見透かしたかのように、翔は言った。

「ダメだよ。かのんは、この電車を降りて、ちゃんと自分の人生を生きて」

「でも！　そうしたら、もう翔とは……！」

かのんの言いたいことがわかったのだろう。電車の中を沈黙が包み込む。聞こえてくるのは、規則正しい電車のレールを走る音だけ。

やがて、静かに翔は言った。

「もう二度と、かのんに会えることはないと思ってた。でもこうやって二回も会えた。十分すぎるほどの奇跡をもらったよ」

「翔……」

翔の中で、強い覚悟が決まっていることが伝わってくる。その覚悟を、今度はかのんが決めなければいけない番だ。

ギュッと拳を握りしめると、顔を上げた。

「大好きだよ」

「俺も大好きだよ」

「ずっと会いたかった」

「俺も、ずっと会いたかった。会いたくて会いたくて仕方なかった」

もう、ダメだ。

必死に堪えてきた涙が、次から次へと溢れ出す。天井を見上げて目を閉じると、翔とのたくさんの思い出が瞼の裏によみがえる。もっと、もっと一緒にいたい。でも――。

車内に、電車が十三に到着するというアナウンスが入った。

「……翔っ」

振り返ると、そこには優しい笑みを携えた翔の姿があった。言いたいことも、伝えたいこともたくさんあった。でも。

「私の方こそ、ありがとう。今までも、これからも、ずっと大好きだよ」

「俺も、今までもこれからも大好きだよ。かのんのことだけ大好きだ」

「……っ」

覚悟を決めたつもりだった。けれど、いざ目の前に翔の笑顔があると、決心が鈍る。このままここにいたい。ずっと翔と一緒にいたい。もっともっとたくさんの時間を過ごしたい。

ホームに、そして車内に間もなくの発車を知らせるメロディが鳴り響く。

このまま動かずにいれば、ずっとこのままここにいられれば――。

「……ダメだよ」

けれど、まるでかのんの心を読んだかのように翔は静かに首を振る。そしてかのんの身体(からだ)を回れ右させると、肩を優しく押した。

「あ……」

よろめいたかのんは、押し出される形でホームへと降り立った。

「まっ……」

慌てて戻ろうとするかのんの目の前で、電車の扉は音を立てて閉まった。まるでかのんと翔を隔てるように。

「翔……！」

扉のガラス部分を叩(たた)くと、翔が電車の中から手のひらを押し当てた。かのんはその手に重ねるようにして、自分の右手をガラスにくっつける。

『だ・い・す・き・だ・よ』

ガラスに遮られ、翔の声がかのんに届くことはない。けれど、唇の動きだけで伝わってきたその言葉に、かのんは何度も何度も頷いた。

やがて、電車はゆっくりと動き始める。ホームにかのんを残したまま。

「かける……！　かける!!」

必死に追いかけるけれど、電車に追いつくことはない。

「あっ……！」

勢い余ってつんのめったかのんは、ホームに飛び込むようにして転んでしまう。血の滲む手のひら、擦り剥いた膝小僧。けれど、本当に痛いのは——。

「かのん！」

どこからか叫ぶようにかのんの名前を呼ぶ声が聞こえた。

「かのん！　大丈夫か!?」

「お、お……にし、く……」

心配そうに花音に駆け寄る大西の姿に安堵して、かのんは声を上げて泣いた。そばにいてくれる大西の優しさに甘えて泣いて泣いて、涙が枯れるまで泣き続けた。

「——帰ろうか」

「……うん」

ようやく落ち着いた頃、大西がかけてくれた言葉にかのんは静かに頷いた。

「……会えた？」

「うん、会えたよ」

「そっか……。よかったな」

大西は深くは聞かない。かのんも多くは語らない。大切な思い出は、全部胸の奥にしまっておきたいから。

聞きたいことはあるだろうに、大西はそれ以上何も聞かないでくれた。今はまだ胸の奥に秘めていたいというかのんの思いを理解してくれる大西の隣は、どこか居心地がよかった。

大西と二人並んでホームを歩く。今はまだ翔のことを忘れることなんてできないし、前を向くのも難しい。思い出せば涙が溢れてくるし、心の中は翔のことでいっぱいだ。

でも、もしもいつか、前を向けたとしたらそのときは――。

「どうした？」

「ううん、なんでもない」

視線を向けられていることに気付いた大西が、かのんに首を傾げた。大西に向かって、かのんは小さく微笑み返す。

もしもいつかそんな日が来るのなら、そのとき隣にいるのは――。

淡い予感を胸に抱きながら、かのんは自宅へと帰るために電車に足を踏み入れる。まだ胸の奥に抱えているものはあるけれど、でも昨日踏み出した一歩より今日の一歩の方が、ずっと明るくて、前を向けている気がした。

イラスト／ふすい

お便りはこちらまで

〒一〇二―八一七七
富士見L文庫編集部　気付
望月くらげ（様）宛
ふすい（様）宛

三号線の奇跡

好きとさよならが待つ電車

著　者　　望月くらげ
イラスト　　ふすい

2024年 2月15日　初版発行

発行者　　山下直久
発　行　　株式会社KADOKAWA
〒102-8177　東京都千代田区富士見2-13-3
電話　0570-002-301(ナビダイヤル)
デザイン・装丁　　モンマ蚕(ムシカゴグラフィクス)
印刷・製本　　大日本印刷株式会社

定価はカバーに表示してあります。

●お問い合わせ
https://www.kadokawa.co.jp/(「お問い合わせ」へお進みください)
※内容によっては、お答えできない場合があります。
※サポートは日本国内に限らせていただきます。
※Japanese text only

ISBN 978-4-04-075296-9　C0093

この世界で、君と二度目の恋をする

著：望月くらげ　イラスト：ナナカワ

「君と一緒なら
世界が輝くんだ——」

私は、過去を変える。それがたとえ——許されないことだとしても。
付き合っていた少年・新から、突然別れを告げられた少女・旭。
思い出を引きずったまま高校生になったある日、
新が病死したという知らせを受ける。
彼がつけていた日記帳を受け取った旭は、
その日記に書かれた驚くべき【秘密】を知ってしまう。
「何度でも——何度でも、新に、大好きだよって伝えたい」
旭はそう願うが、それはとても不幸せで、
幸せな【初恋のやり直し】のはじまりだった——。

**カクヨムＷｅｂ小説コンテスト受賞の
大ヒット作品が、
遂に文庫化。号泣必至のラブストーリー。**

富士見L文庫